俳句文法入門

改訂新版

Haiku grammar

飯塚書店編集部編

飯塚書店

まえがき

「文語」とは、広辞苑によれば、

①文字で書かれた言語。もっぱら読み書きに用いられることば。文字言語。書きことば。文章語。

②日本語では、現代の口語に対して、特に平安時代語を基礎として発達・固定した言語の体系、または、それに基づく文体の称。

こうした書きことばに対し、会話に用いることば、はなしことばを基準とした文体のことばで、広く現代語を指すことが多いのが口語であります。

平安時代以降に継承された伝統の文体から、規則・体系を抄い出したものが文語文法であります。

論としてはたとえば『国語は好きですか』『「国語」の近代史』などがあり、日本語の変遷をたどり、俳句がそれをベースとした体系、和歌―連歌―俳諧連歌―俳諧―俳句、へといたるものであり、右の二書などはこうした変遷へとたどりついたものであります。

俳句は短詩型の文学であり、その修辞、技法に通じることが必要であり、韻文の最短詩型と呼ばれる俳句にとって、欧米の修辞、技法に通じることも改めて要請されるところであります。

欧米のことばの解説書としては、丸山圭三郎、フェルディナンド・ソシュール、ロラン・バルト、ガストン・バシュラールなどがあり、こうした人たちの記号論、構造論などを知りおくことも大切かと思います。

詩型として文芸が国際化するさいには、かかる点も必要かもしれません。

本書はそうした解説書ではありません。あくまでも文語表現の解説書です。

俳句実作に邁進されている方々の一助ともなれば幸甚です。

監修者　七田谷まりうす

目次

第五章　実作の方法と技法

第一章　俳句の形式と季語

この本は俳句を作るために必要な言葉の使い方を、文語文法を主にしてやさしく記したものである。

最初に、俳句をはじめて日の浅い読者のために、俳句の形式について詩型と切字を、内容について季語を中心に、俳句の特性を簡略に記した。

形式

俳句の形式は、和歌（短歌）に発してさらに連衆による連歌《れんが》となり、その滑稽味を重んじるものが俳諧連歌に受け継がれ、その発句（第一句）が独立して現在の五音・七音・五音の最短詩型になったものである。この形式を俳句の定型と呼んでいる。

定型の基調は全体が十七音で、五音・七音・五音の三節から成る。この区切り方は、日本語の伝統的韻文としての美しさとリズムを構成している。

俳句では、五音・七音・五音を上から順に「上五」「中七」「下五」と呼ぶ。本書も慣例にしたがい、同様に記述する。

いくたびも雪の深さを尋ねけり　　正岡　子規

る。

いくたびも（五音）雪の深さを（七音）尋ねけり（五音）と十七音の定型で作られている。

「病中雪」と前書がある。宿痾の床中で降る雪の音を耳を澄ませて聞いているのである。そうして看病してくれる妹に何度も雪の積り具合を尋ねた、という日常をさりげなく詠《よ》んでいるが、上五「いくたびも」には長い病気の苛立《いらだ》たしさが滲み出ており、下五「尋ねけり」の切字「けり」の詠嘆に結びつき、子規の境涯があらわれた、代表作の一つとなっている。上根岸の子規庵で明治二十九年作。子規は明治二十六年頃より俳諧の月並を排して、写生を中心とする俳句革新運動に携わり、病苦の中で俳句の文学性を確立した。

パン種の生きてふくらむ夜の霜　　加藤　楸邨

パン種の（五音）生きてふくらむ（七音）夜の霜（五音）と十七音の定型で作られている。戦後の食糧難時代には、家庭でパンを焼いたものである。昭和二十二年作。上五・中七に、「生きてふくらむ」パン種を発見した驚きを一息に詠《よ》み、下五に、きびしい冬の夜の情景を取り合わせている。「夜の霜」という下五により、敗戦下の暗くきびしい社会と生活が、俳句固有の象徴表現で示されている。言葉とリズムとが適合し、驚きが希望へと転じ、心に沁みる作品である。

切字

俳句には、詩型の上で切字という特色がある。切字は五音・七音・五音のリズムで区切れるどれかの部分の最後にあることが多く、そこで意味が、いちど切れることを示すはたらきをする。前述の子規の俳句に用いられた「けり」と「や」「かな」は代表的な切字である。

新涼や仏にともし奉る　高濱　虚子

上五「新涼や」の「や」（助詞）が切字である。「新涼や」は暑い夏が去りようやく秋となった涼しさをいう。その爽やかさに包まれて今は亡き親しかった人たちに灯をあげるというのである。切り取った事物を断定して示して詠嘆を伴う切字「や」が効果的である。「九月十六日。子規忌句会。大竜寺。十八日石井露月逝く」の前書がある昭和三年の作。虚子は「花鳥諷詠」を提唱、子規の「写生」を発展させて、俳句界にゆるぎない存在となった。

人入つて門のこりたる暮春かな　芝　不器男

「暮春」に切字「かな」（助詞）が付き、下五に据えられている。「人入つて門のこりたる」という事実が、暮れなずむ春の情景として詩情漂う雰囲気に変わるのは「かな」の詠嘆によるものである。

曼珠沙華落暉《らっき》も蘂《しべ》をひろげけり　　中村草田男

「けり」（助動詞）が切字。落暉は夕日のこと。秋の彼岸頃の野に、真赤な曼珠沙華が群れて咲いている。細い花弁と蕊《しべ》が夕日をはね返して妖しい紅の光を放射し、夕日も天地いっぱいに蕊をひろげたように輝いている。

動作や状態を詠嘆する切字「けり」が、曼珠沙華と夕日が融けあった宗教的ともいえる雄大な情景を余韻をひびかせて締めくくっている。

切字は形式とリズムに変化を与え、意味を区切ったり断定したりするばかりでなく、感動詠嘆により調子を強め、俳句表現に大切な完結性をもたらす。また、切字の休止の沈黙の間《ま》は、十七音ではあらわしきれない隠された言葉を語り、想像力をかきたてる。

季語（季題）

俳句には季語（季題）がある。季語は、和歌の季の詞が連歌、俳諧、俳句へと展開する長い歴史の中で作られた季節の言葉である。

日本は四季が鮮明で、日本人は季節に敏感であるから、天然・自然現象はもとより人事に到るまで、数多くの季節の言葉がある。俳句は短詩型であるため、思うこと見たことを逐一説明することはできないので、季語の象徴性によって、さまざまな連想と豊かなイメージを生じさせるのである。季語は、俳句に季感と厚みを加える言葉である。

古くは和歌の季の詞として、また江戸時代初期には俳諧における季の詞の集成が編まれて、季語は多くの俳句作者によりその文学性が高められてきた。現在、季語を集めたものに「歳時記」とより簡便な「季寄せ」がある。季語を解説して例句をあげ、春、夏、秋、冬、新年に分け、辞書のように編んだものが歳時記である。解説を加えず、季語と傍題を列挙し、一、二の例句をあげたものを季寄せという。

初蝶来《く》何色と問ふ黄と答ふ　　高濱　虚子

季語は初蝶（春）。蝶も春の季語であるが、はじめて目にした蝶のことを「初蝶」と特にいう。寒く暗かった冬がようやく過ぎ、春を迎えたよろこびが初蝶の黄に凝縮されている。問答形式をとった句で、三段切れ（後述）の名句といわれている。長野県小諸で敗戦翌春の作。

蝶低し葵の花の低ければ　富安　風生

季語は葵（夏）で真夏の炎天下に咲く花である。下から咲きはじめる性質を持つ葵の花に寄る蝶を、「低し」「花の低ければ」と鋭い観察と、なだらかなリズムで表現した。蝶は春の季語であるが、この句の場合は夏の季語の葵が季節を明示しているので、夏の句である。

街道をきち〳〵と飛ぶ蟋蟖かな　村上　鬼城

季語は、蟋蟖（秋）。街道を歩いてゆくとバッタが飛んでいる。田舎の風景をさりげなく詠《よ》んで、郷愁を誘う句である。ことに「街道」と「きち〳〵」と「蟋蟖かな」に用いられたカ行音のくり返しとリズムとが、街道の歴史と人間のかなしさを表現して余すところがない。「きち〳〵」という「蟋蟖」の羽音が生かされた句である。

外套の裏は緋なりき明治の雪　山口　青邨

季語は外套（冬）。明治の学生か将校などの外套か。雪が懐旧の情をさそい、昭和と明治の相違を鮮やかに描いている。

年玉を並べておくや枕許《もと》　　正岡　子規

季語は年玉（新年）。お年玉に贈られた三寸の地球儀や絵草紙などを眺め、「興尽くる事を知らず」という、病床での淋しい新年であったろう。

ここにあげた俳句は、いずれも季語が一句の中心となり、単に季節感をあらわすだけではなく、すぐれた象徴性を持つ詩語としてはたらいている。

第二章　俳句の言葉

漢語と和語

漢語は音読《おんどく》する語で、少ない文字で一定の意味をあらわし、語調が強い。

二《ふた》もとの梅に遅速《ちそく》を愛す哉　蕪村

庭の二本の梅の開花を詠《うた》った俳句である。ここでは、「遅速《ちそく》」「愛」という漢語が、和語の「二《ふた》もと」とともに用いられている。ゆっくりとした調子の「二《ふた》もとの」ではじまり、中七から強いリズムとなって滑らかに下五へ続く。それは「遅速を愛す」に簡潔で力強い語感があるからである。仮にこの表現を同じ音数の和語で置き換えるとすると、「愛す」は「愛《め》づる」となろうが、語感は大いに変わる。また「遅速」の場合は、これに代わる三音の和語を見つけることは難しい。

漢語は名詞や形容動詞として用いられることが多い。

〈名詞に使用した漢語〉

絶頂の城たのもしき若葉哉　蕪村

霧こめて四顧邯鄲《かんたん》の声ばかり　富安　風生

「四顧《しこ》」は、あたり、まわり四辺のことをいう。

〔形容動詞に使用した漢語〕

筍の皮脱ぎ捨て、卓爾たり　内藤　鳴雪

山萩に淋漓《りんり》と湖の霧雫　富安　風生

「卓爾《たくじ》」は論語に載る言葉で、すぐれた様子をいう。「淋漓《りんり》」は露や雫などのしたたり落ちることである。

和語は「やまとことば」である。平安時代の和歌などに用いられた雅語は、洗練された優美な和語であり、俳句でも用いられている。

葛飾や桃の籬《まがき》も水田べり　水原秋櫻子

海女とても陸《くが》こそよけれ桃の花　高濱　虚子

右の「籬《まがき》」「陸《くが》」などの他にも「腕《かひな》」「熟睡《うまい》」「顔《かんばせ》」「段《きだ》」「薬師《くすし》」「隠沼《こもりぬ》」「筍《たかんな》」「蜂《すがる》」「肌《はだへ》」

「天降《あも》る」「叫《おら》ぶ」「霧《き》らふ」「閉《さ》す」「食《は》む」「転《まろ》ぶ」「離《さか》る」など数多くある。

いくたびも雪の深さを尋ねけり　　正岡　子規

右は「いくたび」「雪」「深さ」「尋ね」という日常語の和語を「も」「の」「を」「けり」でつないで、親しみぶかい作品である。大部分の和語は短い音節で成り立っているため、助詞や助動詞と用いると五音、七音を構成し、定型のこころよい韻律が生まれやすい。

接頭語《せっとうご》と接尾語《せつびご》

接頭語・接尾語は接辞ともいい、単独に用いられることはなく、他の語に付いて、語調を強めたり、意味を添えたりする。俳句は調子や語のひびきを重んじ、十七音という文字の制約があるため、接頭語・接尾語の付いた言葉がよく用いられる。

おもな接頭語

接頭語は名詞や動詞、形容詞の上に付き、それらに意味を添えたり、また語調をととのえたりする。そのため意味にニュアンスが生じ、語調もやわらかくなることが多い。

冬瀧の真上日のあと月通る　桂　信子

「真《ま》」は全くその状態であることをあらわす。また、「真青」などの「真」は純粋である意を添える。名詞、動詞、形容詞に付く。

御仏をかくも身近かに麗《うらら》かに　星野　立子

朱《あけ》の柵とざして廟の深雪かな　日野　草城

「御仏」の「御《み》」は敬っていう。「深雪」の「深《み》」は深い状態の意や美称を示す。「美《み》」とも書いて美称を示す。ともに名詞に付く。

葛飾や釣師ゆきかふお元日　富田　木歩

田の上に春の月ある御社《やしろ》　高野　素十

「お元日」の「お」は親しみをこめたいい方。「御社」の「おん」は敬ったいい方。名詞に付く。

籾《もみ》磨《すり》や遠くなりゆく小《さ》夜《よ》嵐《あらし》　芝　不器男

「さ」は「小」「早」「五」と書き、名詞や動詞に付く。語調をととのえたり、時期的に早いこと、若々しいこと、また五月の意を添える。

時鳥《ほととぎす》啼くや湖水のさゝ濁り　丈草

さざ波にさざれ石あり浜千鳥　松本たかし

「ささ」は小さい、こまかい、わずかな、の意を添え、「さざ」と濁音化することがある。名詞、動詞に付く。「さざれ石」の「さざれ」は「さされ貝」などという「さされ」の濁音化したもの。「ささ」と同じ意を添える。名詞に付く。

みじか夜や小《こ》見《み》世《せ》明《あけ》たる町はづれ　蕪村

かりそめの菊の根分に小半日　松本たかし

「小《こ》見《み》世《せ》」の「小《こ》」は小さいの意を添える。その他「小買物」などの「小《こ》」は、その量がわずかの意を添える。「小半日」の「小《こ》」は数量を示す名詞に付き、その数量にわずかに及ばないがほぼそれに近い、という意をあらわす。

一面の苔瑠《る》璃《り》玻《は》瓈《り》や小滝かげ　川端　茅舎

「小滝かげ」の「小《を》」は小さいの意を添える。その他「小田」などの「小《を》」は語調をやさしくするために添える。「を止む」「を暗し」などの「を」は少しの意を添える。名詞、動詞、形容詞に付く。

日かげりて蟬鳴き澄めり高梢　日野　草城

「高」は名詞に付き、その形や位置が高いことをあらわす。

玉あられまこと小さくちひさくて　川端　茅舎

「玉」は美しいもの、すぐれたものをほめていう。また、それを玉にたとえていう。名詞に付く。

丹頂の相寄らずして凍てにけり　阿波野青畝

「相」は名詞や動詞に付いて、語調をととのえ、語勢を強めるために用いる。その他にも、たがいに、ともに、の意を添えたりする。

蜻蛉の夢や幾度杭の先　夏目　漱石

「幾」は名詞に付き、不確実な数量や時間、程度をあらわす。どれほど、の意。また量の多いことをいう。「幾十度《そたび》」「幾許《ばく》」「幾程《ほど》」などは「幾」と接尾語などが結合した副詞である。

飛ぶときの蟬の薄翅《うすは》や日照雨　日野　草城

「薄」は厚みや濃度・密度が低いこと、色が濃くないこと、さらに程度の少ない意を添える。名詞や動詞、形容詞に付く。

秋立つと出て見る門《かど》やうすら闇　村上　鬼城

かげぼふしこもりゐるなりうすら繭　阿波野青畝

「うすら」は「薄」より感覚的な表現になる。厚みが薄そうに見える、かすかな、の意を添える。

うつむけに春うちあけて藤の花　蕪村

垣越《かきごし》にものうちかたる接木哉　〃

「うちあけて」の「うち」は下の動詞を強める。「春うちあけて」は「春を全部ぶちまけて」の意。「うちかたる」の「うち」は「語る」というような穏やかな動作の言葉に付き、すこし、ちょっと、の意を添え、語調をととのえる。

更くる夜を上《うは》ぬるみけり泥鰌《どじやう》汁　芥川龍之介

「うは」は名詞と動詞に付き、上部・表面をあらわす。

流れゆく椿を風の押しとどむ　松本たかし

傘《からかさ》に押《おし》わけみたる柳かな　芭蕉

「おし」は動詞に付く。「押しとどむ」の場合は語勢を強める。「押わけみたる」の場合は、むりに、強《し》いて、の意を添える。柳の枝をためしに傘でむりに分けて開いた、の意。

秋晴れや波はなかりし片《かた》男波《をなみ》　川端茅舎

大木にして南《みんなみ》に片《かた》紅葉《もみぢ》　松本たかし

「片」は名詞や動詞に付く。「片男波《かたをなみ》」の「片」は一対の一方を示す。片男波は低い女波《めなみ》の次に打ち寄せる高い波のこと。「片紅葉」の「片」は、不完全な、ととのっていない、少し、の意を添える。その他「片陰」などの「片」は、一方にかたよった、の意を添える。

風先に枝さし揃ふ若葉かな　芥川龍之介

「さし」は動詞に付いて語勢を強め、語調をととのえる。

七五三紛るるものはほぼ常着　平畑静塔

「常《とこ》」は常《つね》である、日常である、または永久不変であることをあらわす。名詞と動詞に付く。

夕立のとりおとしたる出村《でむら》哉　一茶

「とり」は語勢を強めるのに用いる。動詞に付く。この句の「とりおとす」は、うっかり抜かす、の意。

雪国に子を生んでこの深まなざし　森澄雄

「深」は深さ・奥行・濃さなどの程度がはなはだしいことをあらわす。また、度を越すことをあらわす。名詞に付く。また動詞にも付く。

春雨に落つるは椎の古葉かな　芥川龍之介

「古」は古い、年月を経ている、の意を添える。名詞に付く。

水落《おち》て細《ほそ》脛《はぎ》高きかゞし哉　蕪村

「細」は細い、幅が狭い、こまかい、小さい、かすかな、わずかな、か弱い、の意を添える。名詞に付く。

涼しさやほの三《み》か月《づき》の羽黒山　芭蕉

「ほの」はかすかに、わずかに知覚される意を添える。動詞や形容詞に多く付き、名詞にも付く。

大雪や山毛欅《ぶな》のもろ枝《え》のどこか揺れ　阿波野青畝

翻《ひるがへ》る蟬の諸羽《は》や比枝《ひえ》おろし　蕪村

「もろ枝《え》」の「もろ」は諸々《もろもろ》の意を添える。「諸羽」の「諸」は両方、双方、の意を添える。名詞に付く。

天霧《あまぎ》らひ雄峰は立てり望の夜を　水原秋櫻子

「雄《を》」は勇ましい、雄大である、の意を添える。名詞、動詞に付く。

おもな接尾語

接尾語は名詞や動詞、形容詞の下に付いて、それらに意味を添える。接尾語の付いた単語は、品詞が変わることが多いので注意したい。

霧を紗として木曽の首なしマリアさま　加藤　楸邨

「さま」は氏名、官名、居所などに付ける敬語。

二ひらの花びら立てて螢草　松本たかし

「ひら」は紙、葉、花弁など薄く平らなものを数える語。

夕顔や病後の顔の幼なぶり　富田　木歩

「ぶり」は名詞や動詞に付き、そのような状態、様子をあらわす。「走りつぷり」の形にもなる。また、「一年ぶり」「久しぶり」など、時をあらわす語に付いて、時の経過の程度もあらわす。

初冬や林のもとの夜べの霧　松瀬　青々

「べ」は「辺《へ》」の濁音化したもの。名詞などに付き、そのあたり、その方向、その頃、の意をあらわす。

海手より日は照《てり》つけて山ざくら　蕪村

「手」は名詞や形容詞語幹に付き、方向や位置、物の状態をあらわす。

雁啼くや草黄ばみたる土饅頭　芥川龍之介

「ばむ」は名詞や動詞などに付き、そのような性質や様子を帯びる意をあらわす動詞を作る。右の句の「ばみ」は「ばむ」が連用形に活用したものである。類語の「だつ」「めく」よりも重い。

其の中にはふこ雛《ひな》の眠げなり　内藤　鳴雪

「げ（気）」は、いかにも…らしい気配、様子などの意を添えた形容動詞を作る。名詞・

形容詞・形容動詞の語幹と動詞に付く。「はふこ雛」は「這子雛」のこと。

青田より水の高さや蓴沼《ぬなは》　高濱虚子

花に舞《ま》ハで帰《かへる》さにくし白拍《しらびやう》子《し》　蕪村

「さ」は形容詞・形容動詞の語幹に付き名詞を作る。また移動をあらわす動詞に付いて、…するとき、…する場合、などの意をあらわす。「帰るさ」は帰るとき、の意。

ぬぎすてし人の温《ぬく》みや花衣　飯田蛇笏

北といふ淋しきものや夏寒み　松根東洋城

「み」は形容詞語幹に付き、場所や程度・状態を示す名詞を作る。「夏寒み」は「夏を寒み」を省略したもので、「…を…み」の形をとり、「夏が寒いから」と原因・理由をあらわす。また、「降りみ降らずみ」のように二つ連続した動作の連用形の下に付き、動作が交互に行われることを示す。

耕《たがやす》や五《ご》石《こく》の粟《ぞく》のあるじがほ　蕪村

「がほ」は名詞や動詞に付いて、あたかもそのような態度である、また、いかにもその気分である、の意をあらわす名詞を作る。

秋涼し手《て》毎《ごと》にむけや瓜《うり》茄《なす》子《び》　芭蕉

「ごと（毎）」は名詞や動詞に付き、めいめい、みんな、いつも、…の度に、の意を添える名詞を作る。

従弟どち月に語るや魂祭　白雄

「どち」は名詞に付き、どうし、の意。動詞に付き、仲間の意をあらわす。

衽《おくび》形《な》りに吹《ふき》込《こむ》雪や枕元　一茶

「なり」は名詞に付いて、それに似た形、姿をしている、という意をあらわす。

うぐひすのあちこちとするや小家《こいへ》がち　蕪村

「がち」は名詞や動詞に付き、多い、とかく目立つ、しばしばある、の意を添えた名詞を作る。

寂寞と昼間を鮓《すし》のなれ加減　蕪村

「加減」は名詞や動詞に付き、ほどよい程度・分量である、そういう具合・傾向、感じ、の意をあらわす名詞を作る。

横ざまに雨白々と牡丹かな　松根東洋城

「ざま」は名詞や動詞に付き、向き、ありさまをあらわす。また、…と同時に、の意をあらわす。

夜すがらや竹こほらするけさのしも　芭蕉

「すがら」は名詞に付き、初めから終わりまでずっと、ついでに、などの意の副詞を作る。

此《この》やうな末世《まっせ》を桜だらけ哉　一茶

「だらけ」は名詞に付き、そのものがいっぱいあるさま、一面に散在するさま、の意をあらわす。

廿日路《はつかぢ》の背中にたつや雲峰《くものみね》　蕪村

「路」は日数に付き、それだけかかる道のりを示す。「越路」「大和路」など地名にも付く。また複合語を作ったりする。

芹焼《せりやき》やすそわの田井《たゐ》の初氷　　芭蕉

「わ」は山裾・川・海岸など、まがりくねったあたりを示す。

ふるさとは山路がかりに秋の暮　　臼田　亜浪

「山路がかり」の「がかり」は名詞に付き、あることに似かよっている意を添える。「四日がかり」の「がかり」はそれだけの日時を要する意を添える。名詞を作る。その他「通りがかり」「五人がかり」などの名詞も作る。

ちとの間は我宿《わがやど》めかすおこり炭　　一茶

「めく」は名詞などに付き、そのような状態になる、それらしく見える、の意をあらわす動詞を作る。右の「めか」は未然形に活用したかたち。

たふとがる涙やそめてちる紅葉《もみぢ》　　芭蕉

「がる」は主に状態を示す語について、…と思う、…と感じる、…のようすをする、の意をあらわす動詞を作る。名詞と形容詞・形容動詞の語幹に付く。

川淀や夕づきがたき楓の芽　芝不器男

「がたし」は動詞に付いて、むずかしい、しにくい、の意を添える形容詞を作る。右の「がたき」は連体形に活用したかたち。

能なしの寝《ねむ》たし我をぎやう〳〵し　芭蕉

「たし」は名詞や動詞連用形に添えて形容詞を作る。

花火見えて湊《みなと》がましき家《いへ》百戸《ひやくこ》　蕪村

「がまし」は名詞・副詞・動詞に付き、いかにもそのようすである、の意をあらわす形容詞を作る。右の「がましき」は連体形に活用したかたち。

おもな接頭語一覧表

あひ―　相生《お》ふ　相照らす　相交ふ　相寄る

い―　い行く　い隠る　い漕ぎ渡る

いく―　幾秋　幾日《か》　幾霜　幾瀬　幾重《へ》

いや―　いや頻《し》く　いやまさる　いや珍し

うす―　薄明り　薄霧　薄苔　薄月夜　薄雪　薄霞む　薄曇る　薄氷る　うす暗し

うすら— うすら寒し うすら日《び》 うすら闇
うち— 打仰ぐ 打崩す 打散る 打なびく
うは— 上風 上枯る 上澄む 上よどむ
うら— うら悲し うら細《ぐは》し うら淋し
お— お元日 お天守 お花畑 お遍路
おし— 押上ぐ 押迫る 押垂《た》る 押退《の》く
おん— 御柱《ばしら》 御目 御社《やしろ》
か— か黒し か細《ぐは》し か弱し
かき— かき曇る かき暗む かき消す
かた— 片田 片流《ながれ》 片靡《なびき》 片渕 片山
こ— 小貝 小萩 小人数 小一時間
さ— さ霧 さ曇る 小夜《さよ》時雨 小夜千鳥
早百合 早乙女 五月蠅《さばへ》 五月雨《さみだれ》
ささ— ささ蟹 さざ波 ささ濁り
さざれ— さざれ魚 さざれ川 さざれ波
さし— さし仰ぐ さし曇る さし寄す
た— た走る た易し たゆら

たか— 高田 高欅 高灯台 高窓 高水
たち— 立騒ぐ 立続く 立戻る 立別る
たま— 玉垣 玉葛《かづら》 玉櫛《ぶし》 玉雫 玉椿
とこ— 常葉 常春 常臥 常夜 常乙女
とり— 取集む 取片付く 取乱す
ひき— 引移る 引添ふ 引別る
ひた— 直土《ひたつち》 ひた照り ひた道 ひた黒
ひた白 ひた進む ひた鳴く ひた走る
ふか— 深江《え》 深情け 深廂《ひさし》 深緑 深酔
ふる— 古枝《え》 古鏡 古妻 古畑 古家《へ》
ほそ— 細江 細川 ほそくづ 細腰 細作《づくり》
ほの— 仄《ほの》聞く ほの暗し 仄見ゆ 仄明り
ま— 真新し ま悲しむ 真紅《くれなゐ》 真青 真
清水 真昼時 真闇 真夜
み— み像 み手 御寺 御堂
み— み草 み空 み雪 み吉野
もて— 持隠す 持興ず 持悩む 持離る

もの―　もの悲し　もの暗し　もの騒がし
もろ―　諸神　もろ白髪《しらが》　もろ手　もろ穂

おもな接尾語一覧表

―か　有りか　住みか　奥か
―がかり　通りがかり　山路《やまぢ》がかり
―がかる　青みがかる　芝居がかる
―かげん　俯き加減　すき加減　湯加減
―がたし　得難し　捨て難し　行き難し
―がち　雨がち　うら梅がち　曇りがち　子供がち　小降りがち　薬がち　葉がち
―がはし　乱りがはし　乱《らう》がはし
―がほ　あるじ顔　託《かこ》ち顔　心得顔　祭顔
―がまし　押しつけがまし　晴れがまし
―がる　哀れがる　淋しがる　寒がる　取りたがる　欲しがる　賢《さか》しがる　通人がる

を―　雄心　雄滝　をたけび　雄峰
を―　小峡《がい》　小田　小滝　小暗し　小止む
―きり　有《あり》ぎり　一夜ぎり　これきり
―ぐむ　角《つの》ぐむ　涙ぐむ　芽ぐむ
―ぐるみ　家ぐるみ　町ぐるみ　身ぐるみ
―げ　哀れげ　思ひ出しげ　消えげ　清げ
―ごと　朝ごと　手ごと　見るごと　夕ごと
―さ　粗さ　悲しさ　軽さ　近さ　ひだるさ　行くさ来さ　出るさ　入るさ
―さす　開けさす　言ひさす　散りさす
―さぶ　翁さぶ　神さぶ　乙女さぶ
―さま　若君さま　マリアさま　公方さま
―ざま　雨方《ざま》　言ひざま　後方《うしろざま》　立ちざま
―すがら　日すがら　夜すがら　道すがら

-**たし**　うれたし　けむたし　こちたし
-**だつ**　気色《けしき》だつ　野分立つ　紫だつ
-**だらけ**　穴だらけ　疵だらけ　灰だらけ
-**ぢ**　長路　山路　闇路　大和路　三日路
-**づく**　愛敬づく　秋づく
-**て**　後手《うしろで》　薄手《うすで》　裏手　おく手　中手
-**どち**　思ふどち　旅ゆくどち　友どち
-**なす**　鏡なす　くらげなす　水泡《みなわ》なす
-**なり**　枝なり　笹の葉なり　弓なり
-**ばむ**　汗ばむ　老いばむ　散りばむ
-**ひら**　一ひら　二ひら
-**ぶ**　おとなぶ　ひなぶ　都《みやこ》ぶ

-**ぶり**　主《あるじ》振　男振　道化振　飛びぶり
-**べ**　浮巣《うきす》辺　沖辺　門辺　机辺　炉辺
-**み**　浅み　隅み　繁み　温《ぬく》み　無み　早み
-**めかし**　今めかし　なまめかし　古めかし
-**めく**　嵐めく　昔めく　春めく　絵巻めく
-**やか**　はなやか　くきやか　すがやか　ゆるやか
-**やぐ**　はなやぐ　若やぐ
-**ら**　子ら　野ら　さかしら
-**らか**　うららか　清らか　ゆるらか
-**わ**　浦回《わ》　川曲《わ》　裾わ

枕詞《まくらことば》

枕詞は主に上代の和歌に見られる修辞であり、ほとんどが五音より構成され、一定の言葉にかかって修飾したり、語調をととのえたりする。

青丹《あをに》よし寧楽《なら》の墨する福寿草　水原秋櫻子

枕詞「青丹《あをに》よし」は奈良にかかり、ああすばらしい、という程の意をあらわす。季語は「福寿草」で新年の句。枕詞の使用により、古都のゆったりとした時空を印象深く詠んだ。

紅梅の家ぬばたまの闇に入る　飯田　龍太

たまくしげ箱根ふるみちの麗かに　水原秋櫻子

枕詞「ぬばたまの」は黒、夜、闇、夕、月、暗き、今宵、夢、髪、などにかかる。ぬばたまは檜扇《ひおうぎ》の黒い種子のことである。枕詞「たまくしげ」は箱、開く、おおう、奥、身などにかかる。たまは玉（美称の接頭語）、くしげは櫛《くし》のことである。二句とも春の句。

むらぎもの心牡丹に似たるかな　松瀬　青々

たまの緒の絶えし玉虫美しき　村上　鬼城

たまきはるいのちにともるすずみかな　飯田　蛇笏

枕詞「むらぎもの」は心にかかる。「たまの緒の」は長し、短し、絶ゆ、乱る、継ぐ、などにかかる。鬼城の句は「た」音が三カ所に置かれて調子がよい。「たまきはる」は魂《たま》極《きは》るのこと。命、世、吾《わ》、などにかかる。三句とも夏の句。

みすずかる信濃は句碑に黒つぐみ　水原秋櫻子

枕詞「みすずかる」は水薦《みすず》刈るのことで、信濃にかかる。カ行音が三カ所あり、語調および韻律における効果がはかられている。秋の句。

おもな枕詞

あかねさす　日、昼、紫、照る、他
あしひきの　山、峰《を》、他
うつせみの　命、世、人、身、他
たらちねの　母、親
くさまくら　旅、夕、結ぶ、露、他
ちちのみの　父
くろかみの　乱れ、解け
ひさかたの　天《あめ》、空、光、雨、月、雲、他
しらつゆの　置く、消《け》、たま
ゆふづくよ　小暗、入る、暗し、おぼつかなし
しろたへの　衣、袖、袂、紐、雪、他
わかくさの　つま（夫・妻）、新《にひ》、若し

ふり仮名《がな》と当《あ》て字

俳句の表記は、漢字とひらがなをほどよく配置して、読みやすくすることが大事である。

たまくしげ箱根ふるみちの麗かに　水原秋櫻子

「箱根ふるみち」は箱根旧道である。右のように、ひらがなを用いると一句が優しくなることがある。しかし一般に、ひらがなは漢字よりも意味を理解するのに時間がかかるので、事物などは漢字を使用するほうがよい。

俳句に使われる漢字の中には、読みにくいものもある。次のような言葉の読みは知っておきたい。台《うてな》・起居《たちゐ》・頭《かうべ》・昨日《きぞ》・断崖《きりぎし》・陸《くが》・肌《はだへ》・水泡《みなわ》・叫《おら》ぶ・離《さか》る・食《は》む・美《は》し、などの古い言いかたや、漁師の言葉で「北風《きた》」「南風《はえ》」「北風《ならひ》」「東風《こち》」「延縄《はへなは》」「群来《くき》」「礁《いくり》」「舳《みよし》」「艫《とも》」など。山の言葉や登山家の言葉で「杣《そま》」「岨《そま》」「尾《を》の上《へ》」「山峡《やまかひ》」などもある。また、地名などの固有名詞やその省略した名称なども知っておきたい。慣用語となっている俗語、生産用語、方言なども生かして使うと効果を発揮することがある。

俳句の文体上、熟語にこじつけたふりがなを付けたり、あて字を用いたりして、多くのことをあらわそうとしがちである。初心者には特にその意図が生じやすいようであるが、いたずらに使用しないようにしたい。

左にそのおもな例をあげる。

舅《ちち》　姑《はは》　老父《ちち》　老母《はは》　病父《ちち》　病母《はは》　亡父《ちち》　亡母《はは》　舅姑《ちちはは》

女《ひと》　肉親《ひと》　漢《をとこ》　亡姉《あね》　亡兄《あに》　亡友《とも》　療友《とも》　娘《こ》　恩師《し》　骸《なきがら》

郷里《くに》　故郷《さと》　農村《むら》　校庭《には》　宙《そら》

螢光灯《あかり》　電球《たま》　車椅子《いす》　枝垂梅《しだれ》　老楽《おいらく》　寿《いのちなが》

最終走者《アンカー》　聖夜《イブ》　航空便《エアメール》　聖菓《ケーキ》　口栓《コルク》　狩夫《ハンター》

俳句に老母を詠む場合、「老母《はは》」と表記するよりも、母の老いていることを端的にあらわすか、老母《ろうぼ》、母老ゆ、とするほうが的確に表現できる。また、老いてゆくことと老年をいう「老いらく」を「老楽《おいらく》」としたり、老子の「寿則多レ辱」（命長ければ恥多し）により「寿《いのちなが》」とするのは、一般には理解されにくい。

第三章　俳句の文体

俳句の文体

川底に蝌蚪《くわと》の大国ありにけり　村上　鬼城

「蝌蚪《くわと》」（春の季語）は、おたまじゃくし。水温む頃川の淀みにおたまじゃくしが黒々と群棲しているのを、川底に蝌蚪の大国あり、と断定し、詠嘆した俳句。つぎつぎと無数にわいてくるおたまじゃくしのユーモラスな姿を連想させる。

この俳句は、五音・七音・五音という調子の上からの区切れと、内容を意味の上から区切った一続きとが、全く一致する。この俳句を成り立たせている文の構造が、どのようにできているか見てみよう。

主語と述語

一つのまとまった考えを表現する場合、一続きの言葉のまとまりの中に、主題となる部分と、その主題について説明する部分がある。前者を主語といい、後者を述語という。

川底に	蝌蚪の大国（が）	ありにけり
	主語	述語

主語・述語は右のとおりになる。

切れる文節と続く文節

文節とは、「文」を意味の切れ目で細かく区切った最小の単位をいう。右の句を文節に区切ると次のようになる。

川底に	蝌蚪の	大国（が）	ありにけり
続く文節	続く文節	続く文節	切れる文節

文節には、切れる文節と続く文節がある。

「川底に」は場所を限定し、「ありにけり」へ続く。「蝌蚪の」は蝌蚪という限定の意味をあらわし、「大国」へ続く。「大国」は「蝌蚪の」を受けて「ありにけり」へ続く。「ありにけり」は「川底に」と「大国」を受け、文末でいい切りとなる。

川底に	蝌蚪の	大国（が）	ありにけり
修飾文節	修飾文節	主語文節	述語文節

続く文節の「川底に」「蝌蚪の」は修飾の役割をし、「大国」は主語となっている。切れる文節の「ありにけり」は述語となっている。

連文節

川底に　蝌蚪の大国（が）　ありにけり
主語連文節

「蝌蚪の」と「大国」は二つの文節でありながら、一つのまとまった意味をあらわし、ちょうど、一つの文節のように、述語の「ありにけり」へ続いている。このように、文節を二つ以上結んで、一つと見る場合、これを連文節という。

遺書父になし母になし冬日向　飯田　龍太

遺書（が）　父になし　母になし　冬日向
対等連文節　対等連文節　独立文節

「父になし」は「父に」「なし」、「母になし」は「母に」「なし」、と文節を各二つ結ぶ連文節である。この二つの連文節は対等の関係にあり、主語「遺書」の述語となる。「冬日向」は他の文節からは独立した独立語である。

自立語と付属語

虹立ちて忽ち君のある如し　　高濱　虚子

文節「虹」「立ちて」「忽ち」「君の」「ある如し」から成り立つ俳句である。この文節をさらに分けると、「虹」「立ち」「て」「忽ち」「君」「の」「ある」「如し」と八つの単語になる。

「虹」「立ち」「忽ち」「君」「ある」はそれだけで意味を持ち、単独で文節になれるため、自立語と呼ばれる。「て」「の」「如し」は常に上の単語に付いて用いられるため、付属語と呼ばれる。

自立語は名詞、動詞、副詞、形容詞、形容動詞、連体詞、接続詞、感動詞、と八つの品詞に分類されている。

付属語は、助動詞、助詞、と二つの品詞に分類されている。

活用

単語の中には使い方によって、語形の変化するものがある。この語形の変化を、活用という。たとえば「立つ」という動詞は、次のように活用する。

立た（ず）　立ち（たり）　立つ　立つ（とき）　立て（ども）　立て

右のうち、変化しない「立」の部分を語幹と呼び、変化する「た」「ち」「つ」「て」の部分を語尾と呼ぶ。

動詞のほかにも形容詞、形容動詞と、助動詞に活用があり、（第四章の言葉の使い方参照）総称して活用語という。

体言と用言

体言とは、活用がなく、それだけで主語となることができる語、すなわち、名詞のことである。用言とは、活用があって、それだけで述語となることができる語、すなわち、動詞、形容詞、形容動詞のことである。

蝌蚪の（体修）　大国（被修）　　川底に（用修）　ありにけり（被修）

「蝌蚪の」は、「大国」という体言を修飾しているため、連体修飾語という。修飾される「大国」は被修飾語である。
「川底に」は、「あり」という用言を含む文節を修飾しているため、連用修飾語という。「ありにけり」は被修飾語である。

品詞分類表

- 単語
  - 自立語
    - 活用する ― 述語となる ― 用言
      - ウ段の音で言い切る（あり・をりなど、ラ変を除く）……動詞
      - 「し」で言い切る……形容詞
      - 「なり」「たり」で言い切る……形容動詞
    - 活用しない
      - 主語となる ― 体言……名詞（代名詞）
      - 主語とならない
        - 修飾語となる
          - 用言を修飾する……副詞
          - 体言を修飾する……連体詞
        - 独立語となる
          - 文・語を続ける……接続詞
          - 単独で文となる……感動詞
  - 付属語
    - 活用する……助動詞
    - 活用しない……助詞

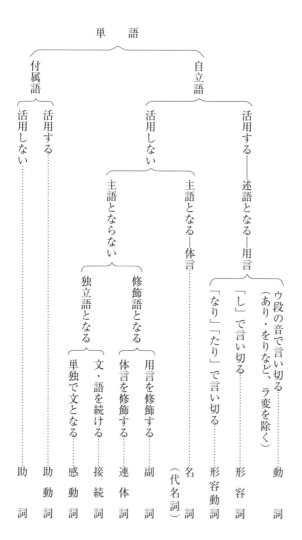

単語・文節の省略

短い詩型である俳句は、多くを語ることができないため、単語や文節を極端に省略する場合が多い。ある語や文節を省略しても、前後の関係から意味が通じる場合、できる限り省略し、簡潔な文体で定型のリズムにのせることが必要である。次に、省略されていると考えられる語をできるかぎり補ったものを、それぞれの句の左に示すこととする。

あをぞらに外套吊し古着市　阿波野青畝

あをぞらの下に外套を吊して売る古着市が立つている

ある日妻ぽとんと沈め水中花　山口　青邨

ある日妻がコップの水に水中花をぽとんと沈めた

走りゆく芝火の彼方枝垂梅《しだれうめ》　松本たかし

走りゆく芝火の彼方に枝垂梅の枝が垂れている

春蟬にわが身をしたふものを擲き　飯田　龍太

春蟬の鳴くときに我はわが身をしたふものを擲いている

文節の倒置

文節の倒置とは、次の(1)~(3)のような文節の通常の位置を逆にする方法である。

〔通常の文節の位置〕

(1) 主語の文節が上で、述語の文節が下にくる。
(2) 修飾の文節が上で、修飾される文節が下にくる。
(3) 述語の文節は、文末にくる。

〔主語の文節と述語の文節を倒置したもの〕

行春《ゆくはる》のいづち去《いに》けむかゝり舟　蕪村

茗荷汁にうつりて淋し己が顔　村上　鬼城

〔修飾する文節と被修飾の文節を倒置したもの〕

高燈籠滅《きえ》なんとするあまたゝび　蕪村

下《くだ》り鮎《あゆ》一聯過ぎぬ薊《あざみ》かげ　川端茅舎

春の雨ひびけりいつの寝覚《ねざめ》にも　日野草城

〔述語の文節が句末ではないもの〕

かぞへ来ぬ屋敷〱の梅やなぎ　芭蕉

ためらはで剪る烈風の牡丹ゆゑ　殿村菟絲子

倒置は語調をととのえたり、調子や、作者の感動を強調したりするために行われる。

第四章　言葉の使い方

言葉はすべて、その性質や働きにもとづき、品詞分類表（四二頁参照）で見られるとおり、十品詞に分けられている。次に各品詞について例句をあげながら、使い方を説明したい。

名詞《めいし》

俳句に用いられる言葉のうち最も多いのは名詞である。名詞は事物の実体をあらわすため、体言と呼ばれる。文法上の特質としては、①自立語である、②活用がない、③主語になれる、などがあげられる。普通名詞、固有名詞、代名詞、形式名詞、数詞に分かれるが、固有名詞と普通名詞は文法的には区別がない。

名詞

奈良七重《ななへ》七堂《しちどう》伽藍《がらん》八重ざくら　芭蕉

百人一首にある「いにしへの奈良の都の八重桜けふ九重ににほひぬるかな」（伊勢大輔）

をふまえた俳句である。春の季語の八重桜を含め、五つの名詞だけで表現されているが、奈良七重《ななへ》、七堂《しちどう》伽藍《がらん》、八重ざくら、と五・七・五の定型で韻律がととのえられ、さらに上五の三つの「な」音や、「七重」「七堂」「八重」という数詞（数量・順序をあらわす単語）で美しいリズムが生み出されている。

早《さ》苗《なへ》束《たば》濃《こ》緑《みどり》植田浅緑　　　高野　素十

「早苗（の）束（は）濃緑《こみどり》（にて）植田（の早苗は）浅緑（なり）」のカッコ内の言葉を省略し、すべて漢字で表記された俳句である。一句全体を訓読《くんよ》みにして「濃緑」「浅緑」を対照させているので、調《しら》べもやわらかい。

金亀子《こがねむし》擲《なげう》つ闇の深さかな　　　高濱　虚子

啄木鳥《きつつき》や落葉を急ぐ牧《まき》の木々　　　水原秋櫻子

七月の青嶺《あをね》まぢかく熔鉱炉　　　山口　誓子

さみだれのあまだればかり浮御堂《うきみどう》　　　阿波野青畝

蜩《ひぐらし》や天に崖ある日ぐれどき　　　加藤　楸邨

萬緑の中や吾子《あこ》の歯生え初《そ》むる　中村草田男

俳句は短詩型であるが一句の中に名詞を用いる割合が高い。少ないものでも二個、ほとんどが三、四個は使っている。「俳句は名詞である」といわれているほど重要な品詞である。それは物事の実体をあらわすため、主語となり、また助詞を伴い述語や修飾語にもなれるためである。

俳句には次のように複合名詞が使われる場合も多い。

灌仏《くわんぶつ》や皺《しわ》手《で》合《あは》する珠数《じゅず》の音　芭蕉

短夜に竹の風《かざ》癖《ぐせ》直りけり　一茶

金柑は葉越しにたかし今朝の霜　芥川龍之介

一《いっ》村《そん》は南下りに雪解かな　松瀬　青々

天《あめ》地《つち》を我が産み顔の海鼠《なまこ》かな　正岡　子規

鱗雲忘れ潮より溢れしよ　鷹羽　狩行

蜩《ひぐらし》や汝《な》も淋しいかつれ鳴きに　松根東洋城

夏ひばり微熱の午後の照り曇り　　日野　草城

「皺手《しわで》」「風癖《かざぐせ》」は、「皺」と「手」、「風」と「癖」、名詞と名詞を結んでいる。「風癖」は強風で木などが片寄った状態のことである。「葉越し」「南下り」は、「葉」と「越し」、「南」と「下り」、名詞と動詞を結んでいる。「越し」は動詞「越す」が連用形に活用したもの。「下り」も動詞「下る」が連用形に活用したものである。動詞の連用形は、この「越し」「下り」や、次の俳句に用いられている「うねり」のように、体言の資格に転じ、名詞として用いられることがある。

しら露もこぼさぬ萩のうねり哉　　芭蕉

名詞と動詞を結ぶ複合名詞は数多くある。

「産み顔」「忘れ潮」は、「産み」と「顔」、「忘れ」と「潮」、動詞と名詞を結んでいる。「つれ鳴き」「照り曇り」は、「連《つ》れ」と「鳴き」、「照り」と「曇り」、動詞と動詞を結んでいる。

複合名詞には、ほかに「早足」「近道」など形容詞語幹と名詞を結んだものや、「そぞろ雨」のように形容動詞語幹と名詞を結んだものもある。複合名詞は音数が少なく意味が豊かなので、使い方により効果が出る。

接尾語の「さ」「み」が形容詞語幹に付き、名詞となった語もよく使われる。

ひと監《かご》の暑さ照りけり巴旦杏《はたんきやう》　芥川龍之介

春雷や胸の上なる夜の厚み　細見　綾子

固有名詞は文法的には普通名詞と変わらない。俳句の場合、地名などの適切な使用は大きな効果を生み出す。

行春を近江の人と惜しみける　芭蕉

みちのくの伊達《だて》の郡の春田かな　富安　風生

陸奥の海くらく濤たち春祭　柴田白葉女

最後に一般に使われる複合語ではなく、作者によってできた造語がある。

燕《つばくら》の一筋町や浜に出る　松根東洋城

「一筋町」は名詞「一筋」と「町」を結合してできた造語である。「一筋道」という既成の複合語があるが、「一筋町」は燕がひたすらに一直線に飛び交《か》う町と、海辺に添って小さな家が一筋に並ぶ寂しい町とが併せて想像され、一句の中心になっている。

秋の航一大紺円《えん》盤《ばん》の中　中村草田男

既成の複合語に「一大事」がある。「一大紺」は「一大」に「紺」を結びつけて、空と海とが一体となった雄大な紺を、見事に表現している。

造語はなるべく奇抜に走らず、右のように一句の中に的確に納まり、しかも新鮮さが感じられるものでありたい。

代名詞《だいめいし》

事物を直接にさして、その名称の代わりに用いられる言葉を代名詞という。人をさすものを人称代名詞、事物や場所・方向をさすものを指示《しじ》代名詞という。

〔おもな人称代名詞〕

我が肩に蜘蛛《くも》の糸張る秋の暮　富田木歩

我むかし大川町の炭屋の子　松瀬青々

「我《わ》」「我《われ》」は自称の人称代名詞である。古い語に「吾《あ》」がある。

蜩《ひぐらし》や汝《な》も淋しいかつれ鳴きに　松根東洋城

「汝《な》」は「君」「おまへ」「汝《なれ》」と同じ対称の人称代名詞である。

勝手まで誰が妻子《さいし》ぞ冬ごもり　蕪村

「誰《たれ》」は「誰《た》」と同じ不定称の人称代名詞。下に「ぞ」「か」「や」などの助詞を伴い、疑問句を作ることが多い。

おのが朱の色にたぢろぎ唐辛子　鷹羽狩行

右の「おの」は唐辛子自体をさすので反照代名詞という。「おのれ」「自分」も反照代名詞になる。

〈おもな指示代名詞〉

これや世の煤《すす》にそまらぬ古合子《ふるがふし》　芭蕉

野路こゝにあつまる欅落葉かな　芝不器男

大勢が夜霧の中を此方《こち》へ来る　　星野　立子

「これ」「ここ」「こち」は近称の指示代名詞である。「これ」は時や人、事物、場所をさし、「ここ」は場所をさす。「こち」は方向をさす。

春の夜や宵あけぼののその中に　　蕪村

下萌えぬ人間それに従ひぬ　　星野　立子

「そ」「それ」は中称の指示代名詞。二句とも上の「宵あけぼの」「下萌えぬ」をさすために用いられている。中称の指示代名詞で、場所をさすのに「そこ」、方向をさすのに「そち」がある。

春潮の彼処《かしこ》に怒り此処に笑《ゑ》む　　松本たかし

あち向いてどの子も帰る曼珠沙華　　中村　汀女

あなたなる夜雨《よさめ》の葛のあなたかな　　芝　不器男

「かしこ」「あち」「あなた」は遠称の指示代名詞。「かしこ」が場所をさし、「あち」「あなた」「かなた」が方向をさす。事物をさすのに「彼《か》」がある。不器男の俳句は旅上に見た葛の花から故郷を遠く思う内容である。

いづくしぐれ傘を手にさげて帰る僧　芭蕉

山彦の南はいづち春のくれ　蕪村

「いづく」「いづち」は不定称の指示代名詞。「いづく」は場所をさす。ほかに「いづこ」「どこ」がある。「いづち」は方向をさす。ほかに「いづかた」がある。「いづくしぐれ」はどこが時雨れたのだろうか、の意。「南はいづち」は南はどっちの方だろうか、の意である。

水仙や寒き都のこゝかしこ　蕪村

あちこちの祠《ほこら》まつりや露の秋　芝　不器男

「こゝかしこ」は場所をさす複合代名詞、「あちこち」は方向、場所をさす複合代名詞である。

形式名詞《けいしきめいし》

形式名詞は、名詞に所属するある言葉が、もとの意味から転じて、形式的に用いられるものをいう。単独で用いられることはなく、必ず上に連体修飾語がきて、まとまった意味をあらわす。

春の水とは濡れてゐるみづのこと　長谷川　櫂

梅漬ける甲斐あることをするやうに　細見　綾子

水草生《みくさお》ひぬ流れ去らしむること勿《なか》れ　村上　鬼城

市振を白雨のうちに過ぎにけり　大石　悦子

「白雨のうち」の「うち」は助詞「に」を伴い、白雨という状態が続いていることをあらわす。

暑き故ものをきちんと並べをる　細見　綾子

「暑き故」の「故」は、並べるという動作の理由をあらわす。

花あふぐとき口があき桜守　山上樹実雄

「あふぐとき」の「とき」は、場所、折、ころ、の意を示す。

去年今年貫く棒の如きもの　高濱　虚子

「棒の如きもの」の「もの」は物体をあらわす。

連体詞《れんたいし》

連体詞は活用のない自立語で、もっぱら体言を修飾する連体修飾語となる。

ある夜月に富士大形の寒さかな　飯田　蛇笏

ある高さまでは一気に今年竹　片山由美子

「ある」は「夜」「高さ」を、はっきり指定しないで、漠然とさす。

花ちるやとある木陰も開帳仏　一茶

走馬燈青水無月のとある夜の　山口　誓子

「とある」は、特に意識しないがたまたま行き合わせた、偶然目についた、という気持ちをこめ、前述の「ある」と同じように用いる。

「ある」「とある」のような不確定の一点をさす言葉には、想像力を喚起するものがある。

あらぬ方へ迷ひ入りけり墓参　寺田　寅彦

「あらぬ」は意外な、思いもかけない、の意をあらわす。

斯《か》く行きてかかるところが河豚《ふぐ》の宿　阿波野青畝

柿食ふやかかるかなしき横顔と　加藤　楸邨

「かかるところ」の「かかる」は、このような、かくのごとき、と改まった表現となる。

「かかるかなしき」の「かかる」は、こんな、とんでもない、と「かなしき」を強調して「横顔」を修飾する。

副詞《ふくし》

副詞は活用のない自立語で、用言（動詞・形容詞・形容動詞）、または状態を示す体言を修飾する連用修飾語となる。

副詞を、意味の上から大別すると次のようになる。⑴時・順序を示すもの。⑵状態を示すもの。⑶程度を示すもの。⑷前出の語句を受けるもの。⑸疑問の意を示すもの。⑹推量の意を示すもの。

〔時・順序を示す副詞〕

枯芒もいまだ刈らずに年用意　　山口　青邨

つひに見ず深夜の除雪人夫の貌　　細見　綾子

このほかに「いつしか」「すでに」「はじめて」「はや」「まづ」「やがて」などがある。

副詞の置かれる位置は、「いまだ刈らずに」「つひに見ず」と、……線の被修飾語のすぐ上に置かれるのがふつうであるが、次のように数語をへだてることがある。

蕎麦《そば》はまだ花でもてなす山路《やまぢ》かな　芭蕉

〔状態を示す副詞〕

雛の燭かたみに揺れてしづもりぬ　水原秋櫻子

たちまちに日の海となり初景色　鷹羽　狩行

法師蟬しみ〴〵耳のうしろかな　川端　茅舎

右の「しみじみ」の下には「聞く」が省略されている。このほかに「さえざえと」「それなりに」「つくづく」「ひえびえと」「やすやす」「徐々に」などがある。また、次のような擬声《ぎせい》語や擬態《ぎたい》語も、状態を示す副詞である。

ぽきぽきと二もと手折《たお》る黄菊かな　蕪村

ひゆつ〳〵とひゆつ〳〵と夜の空を鴨　高野　素十

がうがうと深雪の底の機屋かな　皆吉　爽雨

素十の句には「渡る」「飛ぶ」などの語が省略されている。

〔程度を示す副詞〕

頂上や殊に野菊の吹かれ居り　原　石鼎

石蕗咲けばややにととのふ心あり　中村　汀女

遠雷のいとかすかなるたしかさよ　細見　綾子

このほかに「あまりに」「おほかた」「しばしば」「すべて」「みな」「いよいよ」「猶も」「最も」「世に」「うたた」などがある。

〔前出の語句を受ける副詞〕

昆虫のねむり死顔はかくありたし　加藤　楸邨

〔疑問を示す副詞〕

此秋は何で年よる雲に鳥　芭蕉

何に此《この》師走の市《いち》にゆくからす　芭蕉

〈推量を示す副詞〉

酔顔の況《いはん》や廻燈籠かな　内藤　鳴雪

「況《いはん》や」は、一例をあげ他を推量する意を示す。酔っていると眼はくるくる廻る、まして廻燈籠においてはなおさらだろう、という句意をあらわす。

副詞は用言を修飾する以外に、次のような用法がある。

日にかかる雲やしばしのわたりどり　芭蕉

「しばし」は助詞「の」を伴い、「わたりどり」の連体修飾語となる。

接続詞《せつぞくし》

接続詞は活用のない自立語で、単独で単語と単語、文節と文節、文と文を接続する。

蛙の目越えて漣又さゞなみ　川端　茅舎

藤咲くや人に影また水に影　内藤　鳴雪

茅舎の句は、漣が蛙の目のあたりを越えて流れ続けるさまを詠《よ》んでいる。「又」は「漣」と「さゞなみ」という二つの単語を対等の関係で接続している。鳴雪の句は、藤の花が通る人に影をおとし、水に影を映す、という。「また」は「人に影」と「水に影」という二つの連文節を対等の関係で接続している。

箒あり即ちとつて落葉掃く　　高濱　虚子

客あればすなはち拷ぐや庵の柿　　日野　草城

虚子の句は、箒がある、そこで取って落葉を掃く、と上の文を受けて下の文を起こすために用いられている。草城の句は、客があると、という条件句を受けて、そのようなときは庵の柿をもいでもてなす、という下の内容が上の条件の当然の帰結であることを示す。

感動詞《かんどうし》

感動詞は活用のない自立語で、感動をあらわすもの、呼びかけをあらわすものなどがある。

〔感動を示す感動詞〕

稲雀汽車に追はれてああ抜かる　山口　誓子

囮鮎《をとりあゆ》ながして水のあな清し　飯田　蛇笏

あな幽《かす》かひぐらし鳴けり滝の空　水原秋櫻子

「ああ」「あな」は強く感動したとき衝動的に発する驚き。いずれも下の「抜かる」「清し」「幽《かす》か」の意味を強める。

あはれ子の夜寒の床の引けば寄る　中村　汀女

あはれあはれ老農の昼寝仰向けに　山口　誓子

兵の顔あはれ稚《をさな》し汗拭くなど　加藤　楸邨

「あはれ」はしみじみと湧く感情により、心の中から自然に出る感動である。

あら何ともなやきのふは過《すぎ》てふくと汁　芭蕉

甃《いしだたみ》あら菫咲き蕨萌え　川端　茅舎

「あら」は驚いたとき、ああ、あっ、と発する感動をあらわす。

〔呼びかけを示す感動詞〕

いざ子ども走《はしり》ありかむ玉霰《あられ》　芭蕉

我心春潮にありいざ行かむ　高濱　虚子

夕汽笛一すぢ寒しいざ妹《いも》へ　中村草田男

「いざ」は人を誘うとき、自分とともに行動を起こそうと誘いかけるときに用いる。また、これからある事をはじめようとして意気込むときに用いる。

それそこに鴨の子と言ふ朝の飯　細見　綾子

「それ」は注意をうながすときや、驚かしたりするときに用いる。

動詞《どうし》

動詞は自立語で活用があり、述語になることができる用言である。俳句では名詞の次に多く使われる。ウ段の音でいい切る。「あり」「をり」などのラ行変格活用動詞のみイ段の音でいい切る。

活用形とおもな用法

動詞に所属する言葉は、六つの形に活用する。その活用形を、未然形・連用形・終止形・連体形・已然形・命令形という。次に各活用形のおもな用法について述べる。

未然形《みぜんけい》　動作・状態が実現していない場合に用いる。

助動詞「む（ん）」「ず」「る」などへ続く用法

酔て寝《ね》むなでしこ咲ける石の上　芭蕉

助詞「ば」「で」へ続く用法

手を打たばくづれん花や夜の門　渡辺　水巴

連用形《れんようけい》　他の用言へ続くときや、中止法、または体言の資格に転ずる場合などに用いる。

他の用言へ続く用法

春の水すみれつばなをぬらし行《ゆく》　蕪村

前の文節を中止し、後の文節へ対等の関係で続く用法（中止法）

榛芽ぶき心は湧くにまかせたり　細見　綾子

助動詞「き」「けり」「つ」「ぬ」「たり」「けむ」「たし」などへ続く用法

金の輪の春の眠りにはひりけり　高濱　虚子

助詞「て」「つつ」などへ続く用法

紫の雲起きて来て春の雷　細見　綾子

終止形《しゅうしけい》　おもに言い切りの形で文を終止する場合に用いる。

文を終止する用法

荒梅雨の日の差すときはつよく差す　宮津　昭彦

助動詞「べし」「らむ」「なり」などへ続く用法

鞦韆は漕ぐべし愛は奪ふべし　三橋　鷹女

助詞「や」「な」「と」などへ続く用法

木の葉ふりやまずいそぐないそぐなよ　加藤　楸邨

連体形《れんたいけい》　おもに体言を修飾する場合に用いる。

体言へ続く用法

春雨の中や雪おく甲斐の山　芥川龍之介

体言相当となる用法（「こと」「もの」などを省略した用法）

牡丹の芽のほぐるるを鵯が知る　細見　綾子

助動詞「ごとし」「なり」などへ続く用法

きさらぎが眉のあたりに来る如し　　細見　綾子

助詞「かな」「のみ」「まで」などへ続く用法

牧の牛濡れて春星《しゅんせい》満つるかな　　加藤　楸邨

已然形《いぜんけい》　動作などが既に成立している場合に用いる。

助詞「ど」「ども」へ続く用法

木葉《このは》降るや掃《はら》へども水灑《そそ》げども　　石井　露月

助詞「ば」へ続く用法

よく見れば薺《なづな》花さく垣ねかな　　芭蕉

助動詞「り」へ続く用法

二三子《にさんし》や時雨るる心親しめり　　高濱　虚子

命令形《めいれいけい》　おもに命令の意で言い切る場合に用いる。
命令の意で文を言い切る用法

雪よ降れ降りてふんはり蒿になれ　細見　綾子

〔動詞の活用の種類〕

動詞の活用の種類は、一定の活用のしかたにより、次の九種類に分けられる。

四段活用　　カ行変格活用（カ変）
上二段活用　　サ行変格活用（サ変）
下二段活用　　ナ行変格活用（ナ変）
上一段活用　　ラ行変格活用（ラ変）
下一段活用

〔動詞の活用の種類の見分け方〕

簡単に記憶できるもの
上一段活用——着る・似る・煮る・干《ひ》る・見る・射る・鋳《い》る・居《ゐ》る・率《ゐ》る
下一段活用——蹴《け》る

カ変活用――来《く》
サ変活用――す（複合動詞は多数あり）
ナ変活用――死ぬ・去《い》ぬ
ラ変活用――有《あ》り・居《を》り・はべり・いますかり

見分ける必要のある四段活用・上二段活用・下二段活用の場合は、その言葉に「ず」を付けてみる。五十音図表参照のこと。

ア段の音になるもの（咲かず・打たず・知らず）――四段活用
イ段の音になるもの（起きず・落ちず・古《ふ》りず）――上二段活用
エ段の音になるもの（見せず・果てず・埋めず）――下二段活用

次に各活用について、その活用のしかたと用い方を、活用表と例句をあげて説明する。

四段活用

行	基本の形	語幹	未然形	連用形	終止形	連体形	已然形	命令形
カ	欺く	あざむ	か	き	く	く	け	け

「欺く」は右のように、語幹「あざむ」は変化しないが、語尾が、五十音図のカ行のア・イ・ウ・エの四段にわたって、各音に活用する。このような活用を、四段活用という。

冬の水一枝の影も欺かず（未然形） 中村草田男（カ行）

梅雨《つゆ》の海静かに岩をぬらしけり（連用形） 前田 普羅（サ行）

人恋し燈ともしごろをさくらちる（終止形） 白雄（ラ行）

一つ根に離れ浮く葉や春の水（連体形） 高濱 虚子（カ行）

愁ひつゝ岡にのぼれば花いばら（已然形） 蕪村（ラ行）

さみだれの空吹《ふき》おとせ大井川（命令形） 芭蕉（サ行）

「欺かず」はカ行未然形「欺か」が助動詞「ず」へ続く用法である。欺かない、と否定表現になる。「ぬらしけり」はサ行連用形「濡らし」が助動詞「けり」へ続く用法である。「ちる」はラ行終止形が句を終止する用法。「浮く葉」はカ行連体形「浮く」が体言「葉」へ続き、浮いている葉、と修飾する。「のぼれば」はラ行已然形「のぼれ」が助詞「ば」へ続き、のぼると、の意をあらわす。「吹おとせ」はカ行連用形の「吹き」とサ行命令形の「おとせ」を結んだ複合動詞である。命令の意で句を終止する。はげしく流れている大井川よ、いつまでも降り続く五月雨の空をその勢いで吹き落としてくれ、の意。

四段活用の動詞は、巻末に付した動詞活用表どおり、カ・ガ・サ・タ・ハ・バ・マ・ラの各行にある。

次に四段活用で注意が必要な点を二つあげる。一つは、五段活用の口語は、文語では四段活用の場合が多いが、中にはそうでないものもある、ということである。

(語)	(口語)	(文語)
死ぬ	五段活用	ナ変活用
有る	五段活用	ラ変活用（終止形「有り」）
蹴る	五段活用	下一段活用

もう一つは、口語と文語とでは、送りがなの表記が異なり、それにしたがって、活用の行の異なる言葉があることである。

（口語）　　　　　　　　（文語）

言う（ワ・ア行五段活用）　→　言ふ（ハ行四段活用）

漂う（ワ・ア行五段活用）　→　漂ふ（ハ行四段活用）

添う（ワ・ア行五段活用）　→　添ふ（ハ行四段活用）など

上二段活用

行	基本の形	語幹	未然形	連用形	終止形	連体形	已然形	命令形
カ	起く	お	き	き	く	くる	くれ	きよ

「起く」は、語幹「お」は変化しないが、語尾が、五十音図のカ行のイ・ウ段の音と、連体・已然・命令形に「る」「れ」「よ」の付いたものとに活用する。五十音図の中心の段のウ段とその上のイ段の二段で活用するため、上二段活用という。

起きあがる菊ほのか也水のあと（連用形）　芭蕉（カ行）

この町の盡くる我が家に野分かな（連体形）　松根東洋城（カ行）

屋根瓦ずれ落ちんとして午寝《ひるね》かな（未然形）　渡辺　水巴　（タ行）

世を恋うて人を恐る、余寒かな（連用形）　村上　鬼城　（ハ行）

着ぶくれのおろかなる影曳くを恥づ（終止形）　久保田万太郎　（ダ行）

「起きあがる」はカ行連用形「起き」が四段活用連体形「あがる」と結ぶ用法。「盡くる我が家」はカ行連体形「盡くる」が名詞「我が家」を修飾する用法である。「ずれ落ちんとして」は下二段活用「ずる」の連用形「ずれ」と上二段活用タ行未然形「落ち」が複合動詞を作り、助動詞「ん」へ続く用法。まさにずれ落ちようとして、の意。「世を恋うて」はハ行連用形「恋ひ」のウ音便化した「恋う」が助詞「て」へ続く。「恥づ」はダ行終止形の終止法。

　上二段活用の動詞は巻末の活用表どおり、カ・ガ・タ・ダ・ハ・バ・マ・ヤ・ラの各行にある。注意してほしい点は、口語と文語とでは活用の行の異なる言葉があることである。

（口語）　　　　　　　（文語）
閉じる（ザ行上一段活用）→　閉づ（ダ行上二段活用）など

また、口語「老いる」「悔いる」「報いる」（ア行上一段活用）は、文語では「老ゆ」「悔ゆ」「報ゆ」（ヤ行上二段活用）となる。

下二段活用

行	基本の形	語幹	未然形	連用形	終止形	連体形	已然形	命令形
カ	近付く	ちかづ	け	け	く	くる	くれ	けよ

「近付く」は、語幹「ちかづ」は変化しないが、語尾が、五十音図のカ行のウ・エ段の音と、連体・已然・命令形に「る」「れ」「よ」の付いたものとに活用する。五十音図の中心の段のウ段と、その下のエ段の二段で活用するため、下二段活用という。

白粥の香もちかづけず身ごもりし（未然形）　篠原　鳳作（カ行）

雪の朝独《ひと》り干《から》鮭《ざけ》を噛《かみ》得たり（連用形）　芭蕉（ア行）

畑《はた》打《うつ》や我家も見えて暮れかぬる（連用・連用・連体形）　蕪村（ヤ・ラ・ナ行）

たなばたや秋をさだむる夜のはじめ（連体形）　芭蕉（マ行）

鶯や山をいづれば誕生寺（已然形）　（ダ行）

正岡　子規

「ちかづけず」はカ行未然形「ちかづけ」が助動詞「ず」へ続き、否定をあらわす。「嚙《かみ》得たり」はア行補助動詞の連用形「得《え》」が助動詞「たり」へ続き、嚙むことができた、の意をあらわす。「得《え》」は語幹と語尾の区別がなく、終止形は「得《う》」である（口語は「得《え》る」）。また補助動詞は、もとの意と変わることがあるから辞書をよく引くことが必要である。

「見えて暮れかぬる」はヤ行連用形「見え」が助詞「て」へ続き、ラ行連用形「暮れ」がナ行で活用する接尾語の連体形「かぬる」へ続く用法。見えて暮れなずむ、の意をあらわす。「さだむる夜」はマ行連体形「さだむる」が名詞「夜」を修飾する。「山をいづれば」はダ行已然形「いづれ」が助詞「ば」へ続き、山から出ると、の意をあらわす。

下二段活用の動詞は巻末の活用表どおり、ア・カ・ガ・サ・ザ・タ・ダ・ナ・ハ・バ・マ・ヤ・ラ・ワの各行にあり、語数は多い。口語の下一段活用の動詞は文語では下二段活用となる場合が多いが、口語のア行下一段活用の動詞は文語に直したとき、活用の行が異なるので注意したい。

（口語）　　　　　　　　　　　（文語）
堪える（ア行下一段活用）　→　堪ふ（ハ行下二段活用）など

冴える（ア行下一段活用）→冴ゆ（ヤ行下二段活用）など
植える（ア行下一段活用）→植う（ワ行下二段活用）など

右のほかに注意することは、口語の「得《え》る」と「経《へ》る」は、文語では終止形が「得《う》」「経《ふ》」となり、語幹と語尾との区別がないことである。

上一段活用

行	基本の形	語幹	未然形	連用形	終止形	連体形	已然形	命令形
マ	見る	（み）	み	み	みる	みる	みれ	みよ

「見る」は、語幹と語尾の区別がなく、五十音図のマ行のイ段の音と、終止・連体形の「み」に「る」、已然・命令形に「れ」「よ」の付いたものとに活用する。五十音図の中心の段のウ段から見て上にあるイ段の一段だけで活用するため、上一段活用という。

燭《しょく》し見るは白き菊なれば明らさま（連体形）　夏目　漱石　（マ行）

夢に見れば死もなつかしや冬木風（已然形）　富田　木歩　（マ行）

たけのこ煮、そらまめうでて、さてそこで（連用形）　久保田万太郎　（ナ行）

つく羽子《はね》の音のつづきに居る如し（連体形）　中村　汀女　（ワ行）

「燭し見るは」のマ行連体形「見る」は下に続く形式名詞「もの」を省略した用法。「夢に見れば」のマ行已然形「見れ」は助詞「ば」へ続き、夢に見ると、の意をあらわす。「たけのこ煮」のナ行連用形「煮《に》」は中止法。「居る如し」のワ行連体形「居《ゐ》る」は助動詞「如し」へ続く用法である。

上一段活用の動詞は巻末の活用表どおり、カ・ナ・ハ・マ・ヤ・ワの各行にある。また、口語ではア行で活用する「居《い》る」「率《い》る」が、文語では「居《ゐ》る」「率《ゐ》る」と、かなづかいが変わり、ワ行に活用する。

下一段活用

行	基本の形	語幹	未然形	連用形	終止形	連体形	已然形	命令形
カ	蹴る	（け）	け	け	ける	ける	けれ	けよ

下一段活用は「蹴《け》る」の一語である。活用表のとおり、語幹と語尾の区別がなく、五十

音図のカ行のエ段の音と、終止・連体形の「け」に「る」、已然・命令形に「れ」「よ」の付いたものに活用する。五十音図の中心の段のウ段から見て下にあるエ段の一段だけで活用するため、下一段活用という。

蹴あげたる鞠《まり》のごとくに春の月（連用形）　富安　風生

「蹴《け》あげたる」は連用形「蹴《け》」が動詞「あげ」と結び、複合動詞を作っている。「蹴る」は単独で用いられるより、蹴《け》上《あ》ぐ・蹴《け》返す・蹴《け》倒す・蹴《け》ちらす・蹴《け》とばす、など複合動詞として用いられることが多い。

カ行変格活用

行	基本の形	語幹	未然形	連用形	終止形	連体形	已然形	命令形
カ	来	（く）	こ	き	く	くる	くれ	こ（よ）

カ行変格活用（略してカ変）は、「来《く》」の一語である。活用表に見るとおり、語幹と語尾との区別がなく、カ行のうちの「き」「く」「こ」の三音と、連体・已然形に「る」「れ」の付いたものに活用する。命令形には「よ」の付いた形もある。

茶を焙《はう》ず誰も来ぬ春の夕ぐれに（未然形）　渡辺　水巴

プラタナス夜もみどりなる夏は来ぬ（連用形）　石田　波郷

かなしめば鵙《もず》金色《こんじき》の日を負ひ来（終止形）　加藤　楸邨

たゞ一羽来る夜ありけり月の雁（連体形）　夏目　漱石

冬来れば母の手織の紺深し（已然形）　細見　綾子

「誰も来ぬ」は未然形「来《こ》」が打消の助動詞「ず」の連体形「ぬ」へ続き、誰も来ない、と否定をあらわす。「夏は来ぬ」は連用形「来《き》」が完了の助動詞「ぬ」の終止形へ続き、「夏がやって来た」の意をあらわす。「負ひ来」は終止形「来《く》」の終止法。「来る夜」は連体形「来る」が名詞「夜」へ続く。「冬来れば」は已然形「来れ」が助詞「ば」へ続き、冬が来ると、の意をあらわす。

サ行変格活用

行	基本の形	語幹	未然形	連用形	終止形	連体形	已然形	命令形
サ	す	（す）	せ	し	す	する	すれ	せよ

サ行変格活用（略してサ変）は、「す」と「おはす」の二語であるが、複合動詞は多い。右の活用表のサ行のうちの「し」「す」「せ」の三音と、連体・已然・命令形に「る」「れ」「よ」のついたものに活用する。終止形が、口語は「する」であるが、文語は「す」となる。

疲れ鵜の羽叩きもせで哀れ也（未然形）　内藤　鳴雪

草紅葉《くさもみじ》へくそかつらももみぢせり（未然形）　村上　鬼城

寒き夜の貨車駐《とま》らんとしつゝあり（連用形）　山口　青邨

螢の夜老い放題に老いんとす（終止形）　飯島　晴子

秋深き隣は何をする人ぞ（連体形）　芭蕉

「羽叩きもせで」は未然形「せ」が助詞「で」へ続く用法。羽叩きさえもしないで、と否定をあらわす。「もみぢせり」は複合動詞の未然形「もみぢせ」が助動詞「り」へ続く用法。助動詞の「り」は、四段活用には已然形（一説には命令形）に付くが、サ変には未然形に付くため、注意を要する。「駐《とま》らんとしつゝあり」は連用形「し」が助詞「つつ」へ続き、駐車しようと進行中である、の意となる。「す」は終止形の用法。「する」は連体形の用法。

ナ行変格活用

行	基本の形	語幹	未然形	連用形	終止形	連体形	已然形	命令形
ナ	死ぬ	し	な	に	ぬ	ぬる	ぬれ	ね

ナ行変格活用（略してナ変）は、「死ぬ」と「往《い》（去）ぬ」の二語である。右の活用表のごとく語幹「し」は変化しないが、語尾が、ナ行の四音と、連体・已然形に「る」「れ」が付いたものとに活用する。

生きかはり死にかはりして打つ田かな（連用形）　村上　鬼城

冬蜂の死にどころなく歩きけり（連用形）　〃

いつ死ぬる金魚と知らず美しき（連体形）　高濱　虚子

啼《な》きやめてぱたぐ死ねや秋の蟬（命令形）　渡辺　水巴

いねぐと人にいはれつ年の暮（命令形）　路通

「死にかはり」は連用形「死に」が、四段活用動詞「かはる」の連用形「かはり」へ続く用法。農民たちは先祖代々世代交代しながらも田を耕し続けている、の句意。

「死にどころなく」は連用形「死に」が、名詞「ところ」形容詞「なく」と複合語を作る用法である。「死ぬる金魚」は連体形「死ぬる」が名詞「金魚」へ続く用法。「死ねや」は命令形「死ね」が助詞「や」へ続く用法。「いね」は命令形の用法。

ラ行変格活用

行	基本の形	語幹	未然形	連用形	終止形	連体形	已然形	命令形
ラ	有り	あ	ら	り	り	る	れ	れ

ラ行変格活用（略してラ変）は「有り」、「をり」、「はべり」、「いますかり」の四語である。右の活用表のごとく語幹「あ」は変化しないが、語尾が、ラ行の四音に活用し、特に終止形がイ段の音「り」で言い切る。

雲の峰ほどの思ひの我にあらば（未然形）　松瀬　青々

雲の峰夜は夜で湧いてをりにけり（連用形）　篠原　鳳作

明日ありやあり外套のボロちぎる（終止形）　秋元不死男

元日や手を洗ひをる夕ごころ（連体形）　芥川龍之介

一堂のあれば一塔百千鳥《ももちどり》（已然形）　高野　素十

生きてあれ冬の北斗の柄《え》の下に（命令形）　加藤　楸邨

「あらば」は未然形「あら」が助詞「ば」へ続き、もしもあったら、と仮定していう用法である。「をりにけり」は連用形「をり」が助動詞「に」「けり」へ続く用法。「明日ありや」の「あり」は疑問の助詞「や」に続く用法。二度目に出てくる「あり」は、上の「ありや」の問いかけに対して、返答して断定する用法である。「洗ひをる夕ごころ」は連体形「をる」が名詞「夕ごころ」へ続く用法。

「洗ひをる」と前の「湧いてをり」の「をる」「をり」は、その上の動作が継続する意を添える補助動詞である。

「あれば」は已然形「あれ」が助詞「ば」へ続き、あると、の意をあらわす。「生きてあれ」は補助動詞命令形「あれ」が助詞「て」を介し、生きていてくれ、の意をあらわす。


〈**自動詞と他動詞**〉

動詞には、自動詞として使えるもの、他動詞として使えるもの、さらに自動詞と他動詞の両方に使えるものがある。

自動詞は、その動詞だけのはたらきで、動作・作用などをあらわす。

雪深く心はづみて唯《ただ》歩く　高濱　虚子

「はづみ」（マ行四段活用連用形）は、私（主格）の動作をあらわす。「歩く」（カ行四段活用終止形）は、私（主格）の動作をあらわす。いずれも自動詞である。

他動詞は、その動詞だけでは動作・作用を完全にあらわすことができず、必ず連用修飾語（目的語）とともに用いる。

木綿縞着たる単純初日受く　細見　綾子

「着」（カ行上一段活用連用形）は、連用修飾語（目的語）の「木綿縞（を）」を受け、私（主格）の動作をあらわす。「受く」（カ行下二段活用終止形）は、連用修飾語（目的語）の「初日（を）」を受け、主格の動作をあらわす。いずれも他動詞である。なお、右の句のように目的格の助詞「を」は省略されることが多い。

次の傍線を付した動詞は、助詞「を」を受けているが、他動詞ではなく、自動詞であることに注意したい。

春雨の中を流る、大河《たいが》かな　蕪村

春雨や人住ミて煙《けぶり》壁を洩る

「春雨の中を流るゝ」は、春雨の最中に大河が流れ続ける、の意を示す。「流るる」(ラ行下二段活用連体形)は自動詞で、「を」は場所をあらわす助詞である。「壁を洩る」は、煙が自然に壁のすき間から外へ出る、の意を示す。「洩る」(ラ行四段活用終止形)は自動詞で、「を」は動作の起点を示す助詞である。このような助詞「を」は、省略されることがほとんどない。

動詞の中には、自動詞・他動詞の両方に用いられる言葉があり、語幹も活用も同じものと、語幹は同じだが活用の異なるものがある。

〔語幹も活用も同じもの〕

扉が開《ひら》く(カ行四段活用自動詞)
扉を開《ひら》く(カ行四段活用他動詞)
風が吹く(カ行四段活用自動詞)
笛を吹く(カ行四段活用他動詞) など

〔語幹が同じで活用の異なるもの〕

灯籠が立つ(タ行四段活用自動詞)
灯籠を立つ(タ行下二段活用他動詞) など

形容詞《けいようし》

形容詞は自立語で活用があり、単独で述語になることができる用言である。口語の形容詞「よい」「美しい」は、文語では「よし」「美し」となる。

行	基本の形	語幹	未然形	連用形	終止形	連体形	已然形	命令形
ク活用	よし	よ	(く)	く	し	き	けれ	
(カリ活用)			から	かり		かる		かれ
シク活用	美し	うつく	(しく)	しく	し	しき	しけれ	
(カリ活用)			しから	しかり		しかる		しかれ

形容詞の活用は、右の活用表に見るとおり、活用の種類が二つある。「よ」「うつく」の語幹は変化しないが、語尾が「(く)・く・し・き・けれ」と活用するク活用と、「(しく)・しく・し・しき・しけれ」と活用するシク活用である。

その他に補助活用の「から・かり・かる・かれ」と「しから・しかり・しかる・しかれ」のカリ活用がある。カリ活用は左のように、もとはラ変動詞との熟合によってできたものである。

よくあり――→よかり
美しくあり――→美しかり

ク活用とおもな用法

声よくばうたはうものをさくら散《ちる》（未然形）　芭蕉
白南風《しらはえ》の夕浪高うなりにけり（連用形）　芥川龍之介
たはやすく昼月消えし茅花《つばな》かな（連用形）　芝　不器男
咲き満ちてこぼるる花もなかりけり（連用形）　高濱　虚子
白菊のしづくつめたし花鋏（終止形）　飯田　蛇笏
初蝶を見て蔭多き午後となる（連体形）　細見　綾子
夏の河赤き鉄鎖のはし浸る（連体形）　山口　誓子

霜夜北斗をつらぬく煙われ強かれ（命令形）　加藤　楸邨

「声よくば」（この用法の場合、未然形ではなく、連用形と考える説もある）は「よし」の未然形「よく」が助詞「ば」へ続き、もしも声がよいなら、と仮定の意をあらわす。「高うなりにけり」は「高し」の連用形「高く」がウ音便化し、動詞「なり」へ続く用法。「たはやすく昼月消えし」は「たはやすし」の連用形「たはやすく」が「消えし」を副詞のように修飾する副詞法である。「なかりけり」は「なし」のカリ活用連用形「なかり」が助動詞「けり」へ続く用法。

「しづくつめたし」は終止形「つめたし」の終止法。しずくがつめたい、の意。「蔭多き午後」は「多し」の連体形「多き」が体言「午後」を修飾する。「赤き鉄鎖」の「赤き」は「赤し」の連体形。「強かれ」は「強し」のカリ活用命令形。強くあれ、と命令する。

シク活用とおもな用法

茄子《なすも》捥ぐは楽しからずや余所《よそ》の妻（未然形）　星野　立子

芋の露連山影を正しうす（連用形）　飯田　蛇笏

うとましく冷えてしまひぬ根深汁《ねぶかじる》（連用形）　日野　草城

鰤《ぶり》が人より美しかりき暮の町（連用形）　加藤　楸邨

地獄見て憤《いきどほ》ろしも大旱（終止形）　山口　誓子

南瓜さいて西日はげしき小家かな（連体形）　村上　鬼城

元日は田ごとの日こそ恋しけれ（已然形）　芭蕉

「楽しからずや」は「楽し」のカリ活用未然形「楽しから」が助動詞「ず」と助詞「や」へ続き、楽しくないか、の意。「正しうす」は「正し」の連用形「正しく」のウ音便化したものが動詞「す」へ続く用法。「うとましく冷えてしまひぬ」は「うとまし」の連用形「うとましく」が「冷えてしまひぬ」を副詞のように修飾する副詞法。「美しかりき」は「美し」のカリ活用連用形「美しかり」が助詞「き」へ続く用法。美しかった、の意をあらわす。「憤《いきどほ》ろしも」は終止形「憤ろし」が助詞「も」を伴い、感動をもって終止する用法。「西日はげしき小家」は「はげし」の連体形「はげしき」が体言「小家」を修飾する。「田ごとの日こそ恋しけれ」は「恋し」の已然形「恋しけれ」が上の助詞「こそ」と係り結びを生じ、句を終止する用法。田ごとの月を見た日がまことに恋しい、の意をあらわす。

形容詞には次のように語幹だけの用法がある。

茶の花や白にも黄にもおぼつかな　蕪村

落椿熊手にかけてあらけなや　水原秋櫻子

「おぼつかな」はク活用「おぼつかなし」の語幹である。茶の花は、白とも黄色ともはっきりしない花であることよ、と語幹だけで感動を表現する。「あらけなや」はク活用「あらけなし」の語幹に助詞「や」が付いたもの。実にあらっぽいことよ、の意をあらわす。

また、形容詞の語幹には接尾語「さ」「み」が付き、体言（名詞）の資格になる。

涼しさや鐘をはなる丶かねの声　蕪村

いもうとの帰り遅さよ五日月　正岡　子規

シク活用の場合、「涼しさ」のように語幹ではなく、終止形に付くので注意したい。「帰り遅さよ」はク活用「遅し」の語幹「遅」に接尾語「さ」が付いた「遅さ」に、助詞「よ」が付いたもの。帰りの遅いことよ、の意をあらわす。「帰りの遅さ」のように「…の…さ」の形でも感動をあらわす。

尺蠖も緑に擬する山深み　富安　風生

「山深み」はク活用「深し」の語幹「深」に接尾語「み」が付き、「山…み」の形をとり、山が深いため、と原因・理由をあらわす。

〈形容詞の活用形の見分け方〉

次のように、動詞の「なる」へ続けてみる。

浅し　浅くなる　（ク活用）
寒し　寒くなる　（ク活用）
たのもし　たのもしくなる　（シク活用）
かぐはし　かぐはしくなる　（シク活用）

形容動詞《けいようどうし》

形容動詞は自立語で活用があり、単独で述語になれる用言である。語幹は、「静か」「堂々」など独立性が強いので体言（名詞）と見わけにくい。本書では、①主語になれない、②「いと静かなり」のように、連用修飾語を受ける。この二つの要素を持つ言葉を、形容動詞とした。

行	基本の形	語幹	未然形	連用形	終止形	連体形	已然形	命令形
ナリ活用	静かなり	静か	なら	なり に	なり	なる	なれ	なれ
タリ活用	堂々たり	堂々	たら	たり と	たり	たる	たれ	たれ

形容動詞の活用は、右の活用表に見るとおり、活用の種類が二つある。「静か」「堂々」の語幹は変化しないが、語尾が六つの形に活用する。「なり」で言い切るものをナリ活用、「たり」で言い切るものをタリ活用、という。活用のしかたが、ラ変動詞の活用に準じているのは、左のように、もとはラ変動詞との熟合によりできたためである。

静かにあり ──→ 静かなり　　堂々とあり ──→ 堂々たり

ナリ活用とおもな用法

鶯の舌濃やかに成にけり（連用形）　松瀬　青々

皿《さら》鉢《ばち》もほのかに闇の宵《よひ》涼み　（連用形）　芭蕉

しめやかに夜は土ねむる百日紅《さるすべり》　（連用形）　原　石鼎

寒空にて川の奔流あらはなり　（終止形）　大野　林火

あえかなる薔薇《ばら》撰りをれば春の雷　（連体形）　石田　波郷

花ざかり真夜の川水ゆたかなる　（連体形）　渡辺　水巴

年の瀬のうららかなれば何もせず　（已然形）　細見　綾子

「濃やかに成にけり」は「濃やかなり」の連用形「濃やかに」が動詞「なり」へ続く用法である。「ほのかに」は「ほのかなり」の連用形の中止法である。「ほのかにして」と接続助詞「して」へ続く用法と同じである。

「しめやかに」は「しめやかなり」の連用形が動詞「ねむる」を副詞のように修飾する副詞法である。「あらはなり」は終止形が句を終止する用法である。

「あえかなる薔薇《ばら》」は「あえかなり」の連体形「あえかなる」が体言「薔薇《ばら》」へ続き、繊細で優美な薔薇と修飾する。「ゆたかなる」は「ゆたかなり」の連体形。句を連体形で終止する用法である。「うららかなれば」は「うららかなり」の已然形「うららかなれ」が助詞「ば」へ続き、うららかなため、の意をあらわす。

タリ活用とおもな用法

鶯や洞然として昼霞（連用形）　高濱　虚子

雪霏々と数刻前に異ならず（連用形）　山口　誓子

朝霧や杭《くひぜ》打《うつ》音丁《たう》々《たう》たり（終止形）　蕪村

赤富士に露滂沱たる四辺かな（連体形）　富安　風生

「洞然として」は「洞然たり」の連用形「洞然と」が助詞「して」へ続き、奥深く静寂な状態で、の意をあらわす。「霏々と」は「霏々たり」の連用形が、さかんに降る状態で、と中止法をあらわす。

「丁々《たうたう》たり」は終止形が、とうとうと連続してひびいている、と句を終止する。「滂沱たる四辺」は「滂沱たり」の連体形「滂沱たる」が体言「四辺」を修飾する。

形容動詞は次のように、語幹のみ用いることも多い。

鵯《ひよ》鳴けり霜燦爛《さんらん》の多摩郡《たまごほり》　水原秋櫻子

天渺々《べうべう》笑ひたくなりし花野かな　渡辺　水巴

「燦爛《さんらん》」はタリ活用「燦爛たり」の語幹。助詞「の」が付き、光りかがやく多摩郡、と体言「多摩郡」を修飾する。「渺々《べうべう》」はタリ活用「渺々たり」の語幹。「渺々と」あるいは「渺々として」を省略し、広く果てしもなく、と中止法をあらわす。

次は、ナリ活用「はるかなり」の語幹「はるか」に接尾語「さ」が付いて、体言（名詞）の資格になっている。「はるかさよ」の「よ」は感動の助詞。

甲斐の夜の富士はるかさよ秋の月　飯田　蛇笏

助動詞《じょどうし》

助動詞は、動詞や形容詞、形容動詞、助動詞に付いて、いろいろの意味を加え、また名詞や助詞に付いて、それらに叙述のはたらきを与える付属語である。活用がある。

未然形に接続する助動詞

る・らる（自発・可能・受身・尊敬の助動詞）

基本の形	未然形	連用形	終止形	連体形	已然形	命令形
る	れ	れ	る	るる	るれ	れよ
らる	られ	られ	らる	らるる	らるれ	られよ

「る」は、四段・ラ変・ナ変の動詞の未然形、「らる」は、それ以外の動詞の未然形に付く。なお、自発と可能には命令形がない。

自発は動作・作用が自然に行われる意をあらわす。

雪しげく何か家路の急がるる（連体形）　中村　汀女

鸛《こふ》の巣もみらるゝ花の葉越《はごし》哉（連体形）　芭蕉

可能の助動詞は打消語を伴い、不可能の意をあらわすことが多い。

伊予霙《みぞれ》海渡らねば帰られず（未然形）　山口　誓子

雪嶺まで枯れ切つて胎かくされず（未然形）　森　澄雄

受身は、他から動作を受けることをいう。動作を行うものは「…に」の形であらわすが、あきらかにわかる場合には省略される。

自然薯《じねんじょ》の身空ぶる〳〵掘られけり（連用形）　川端　茅舎

鮟鱇《あんかう》の骨まで凍ててぶちきらる（終止形）　加藤　楸邨

一片のパセリ掃かるる暖炉かな（連体形）　芝　不器男

花の雨降りこめられて謡かな（連用形）　高濱　虚子

野いばらの芽ぐむに袖をとらへらる（終止形）　水原秋櫻子

「降りこめられて」は、降り籠められて、雨に外出できなくさせられて、の意。

尊敬の助動詞は、主語が目上の人である場合が多い。

炬燵より背低き老となられけり（連用形）　高濱　虚子

す・さす・しむ（尊敬・使役の助動詞）

基本の形	未然形	連用形	終止形	連体形	已然形	命令形
す	せ	せ	す	する	すれ	せよ
さす	させ	させ	さす	さする	さすれ	させよ
しむ	しめ	しめ	しむ	しむる	しむれ	しめよ

「す」は、四段・ナ変・ラ変の動詞の未然形、「さす」は、それ以外の動詞の未然形、「しむ」は、活用語の未然形に付く。

冬日没る諸仏歓喜《くわんき》を見て立たす（終止形）　山口　誓子

「立たす」は、お立ちになる。尊敬の意をあらわす。

子に破魔矢持たせて抱きあげにけり（連用形）　星野　立子

春逝くと娘に髪を結はせけり（連用形）　村上　鬼城

蚊帳の外《と》をゆくげじげじを殺さしむ（終止形）　山口　誓子

若竹や髪刈らしむる庭の椅子（連体形）　正岡　子規

右は、他に動作をさせる使役をあらわす。

「しむ」は次のように、ある事柄が原因で、ある動作を起こさせる意もあらわす。

雁のこゑ長き行途を思はしむ（終止形）　山口　誓子

ず（打消の助動詞）

基本の形	未然形	連用形	終止形	連体形	已然形	命令形
ず	（ず） ざら	ず ざり	ず	ぬ ざる	ね ざれ	 ざれ

わが見ずば誰も見ざらむ波間の鵜（未然形）　山口　誓子

「見ずば」の未然形「ず」は助詞「ば」を伴い、もしも見なければ、と動作を否定した仮定の語句を作る。なお、この用法の「ず」を連用形とする説もある。「見ざらむ」の未然形「ざら」は推量の助動詞「む」へ続き、見ないであろう、と動作を否定して推量する。

間をおかずして初鶏につづきけり（連用形）　森　澄雄

「間をおかずして」の連用形「ず」は助詞「して」を伴い、間をおかない状態で、の意をあらわす。

もたれあひて倒れずにある雛《ひひな》かな（連用形）　高濱　虚子

「倒れずに」の連用形「ず」は助詞「に」を伴い、倒れない状態に、の意をあらわす。

をとゝひのへちまの水も取らざりき（連用形）　正岡　子規

「取らざりき」の連用形「ざり」は過去の助動詞「き」へ続き、取らなかった、と過去の事柄を回想する。

蟬時雨子は担送車に追ひつけず（終止形）　石橋　秀野

「追ひつけず」の終止形「ず」は、文末で動作を否定して終止する。

筍《たけのこ》の露の干ぬまの市ぞ立つ（連体形）　水原秋櫻子

「干ぬ」の連体形「ぬ」は、掘ったばかりのたけのこの露がかわかないほど朝早い、と体言「間《ま》」を修飾する。「干《ひ》ぬ」の「干《ひ》」は、上一段活用の「干る」の未然形である。

日ねもすの風花淋しからざるや（連体形）　高濱　虚子

「淋しからざるや」の連体形「ざる」は助詞「や」を伴い、淋しく思わないか、と見込みのある質問をあらわす。

咲く梅の遠からねども畦絶えぬ（已然形）　水原秋櫻子

「遠からねども」の已然形「ね」は助詞「ども」を伴い、遠くではないのに、の意をあらわし、畦が終わってしまった、と順当でない事柄へ続ける。

紙魚の書を惜まざるにはあらざれど（連体・已然形）　高濱　虚子

「惜まざるには」の連体形「ざる」は助詞「に」「は」を伴い、惜しいと思わないことは、の意をあらわす。「あらざれど」の已然形「ざれ」は助詞「ど」を伴い、ないけれども、の意をあらわす。紙魚《しみ》に食われた大切な書物をもったいないことをしたと思いながらも捨てなければならない気持ちである。

「ざら・ざり・ざる・ざれ」の形は、「ず」の連用形にラ変動詞「あり」が続いた「ずあり」が変化してできた語である。

む（推量の助動詞）

基本の形	未然形	連用形	終止形	連体形	已然形	命令形
む（ん）	（ま）		む（ん）	む（ん）	め	

「む」はンと発音するため「ん」とも書く。まだ実現していない事柄や、不確実の事柄に関して、作者の意志・予想などをあらわす。

一枝の椿を見むと故郷に（終止形）　原　石鼎

「見む」の「む」は作者の動作に付いて、見よう、と意志をあらわす。気持ちが急いでいることが想像される俳句である。

雪の日の透きとほるものを見んとせり（終止形）　加藤　楸邨

「見んとせり」の「ん」は、助詞「と」サ変動詞未然形「せ」完了の助動詞「り」へ続き、見ようと思った、と文末で作者の決意を客観的に表現する。

旅人と我名呼ばれん初しぐれ（終止形）　芭蕉

「呼ばれん」の「ん」は、呼ばれたい、と他人に期待する意をあらわす。「呼ば」は四段活用未然形「れ」は受身の助動詞「る」の未然形。

枯萱に斑雪《はだれ》今年も貧しからむ（終止形）　森　澄雄

「貧しからむ」の「む」は、昨年のように今年も貧しいだろう、と実現していないことを想像する。

わが死後も寒夜この青き天あらむ（終止形）　加藤　楸邨

「あらむ」の「む」は、私の死後にもあるだろう、と未来のことを予想する。

病める目に丹波の霧は暗からん（終止形）　高野　素十

「暗からん」の「ん」は、丹波の霧は暗いだろう、と想像する。

水尾のはて由布の夕焼消えむとす（終止形）　水原秋櫻子

「消えむとす」の「む」は、助詞「と」サ変動詞「す」へ続き、まさに消えようとしている、の意をあらわす。

いざ子ども走《はしり》ありかむ|玉霰《たまあられ》（終止形）　芭蕉

「走《はしり》ありかむ」の「む」は、走ったり動きまわったりしないか、と勧誘する。「ありか」は四段活用「ありく」の未然形。あちこちめぐり歩くの意。

蠊《まくなぎ》を泣かむ|ばかりにうちはらひ（連体形）　山口　誓子

「泣かむばかり」の「む」は助詞「ばかりに」を伴い、今にも泣きだしそうに、と断定をさけ遠まわしにいう。

新茶よし碧瑠璃と云はん|には薄し（連体形）　高濱　虚子

「云はんには」の「ん」は助詞「に」「は」を伴い、いうとしたら、と軽い仮定の意をあらわす。

仏性《ぶつしやう》は白き桔梗《ききやう》にこそあらめ|（已然形）　夏目　漱石

「あらめ」の「め」は上の助詞「こそ」と係り結びになり、已然形となったもの。あるはずだ、と当然・適当の意をあらわす。

じ（打消推量の助動詞）

基本の形	未然形	連用形	終止形	連体形	已然形	命令形
じ			じ	じ	じ	

「じ」は「む」の打消に相当し、推量・意志の否定をあらわす。

浮雲の金《こん》あかね春遠からじ（終止形）森　澄雄

「春遠からじ」の「じ」は、春は遠くないだろう、と未来の事態を否定して推量する。

囀《さへづり》をこぼさじと抱く大樹かな（終止形）星野　立子

「こぼさじ」の「じ」は、意志の否定で、こぼすまい、の意をあらわす。大樹に群れる鳥のさえずりを大樹自身がこぼすまいとしていると、見たてたもの。

我のみの菊日和とはゆめ思はじ（終止形）高濱　虚子

「ゆめ思はじ」の「じ」は、作者自身の動作に付き、副詞「ゆめ」とともに用いられ、決して思わない、と強く否定した決意をあらわす。

秋の昼ねむらじとねし畳かな（終止形）　飯田　蛇笏

「ねむらじ」の「じ」は、作者自身の動作に付いて、眠らないようにしよう、と否定した意志をあらわす。

まし（推量の助動詞）

基本の形	未然形	連用形	終止形	連体形	已然形	命令形
まし	ましか（ませ）		まし	まし	ましか	

「まし」は反実仮想の意をあらわす。

生れ代るも物《もの》憂《う》からましわすれ草（終止形）　夏目　漱石

「生れ代るも物憂からまし」は、仮に生まれ代わっても物憂いだろう、と想像して述べる意をあらわす。おもに主観的に想像する場合に用いる。

まほし（願望の助動詞）

基本の形	未然形	連用形	終止形	連体形	已然形	命令形
まほし	まほしく まほしから	まほしく まほしかり	まほし	まほしき まほしかる	まほしけれ	

蓑虫のちゝよと鳴くを聞かまほし（終止形）　星野　立子

「聞かまほし」は、作者の動作に付き、聞きたいことよ、と願望をあらわす。

連用形に接続する助動詞

き（過去の助動詞）

基本の形	未然形	連用形	終止形	連体形	已然形	命令形
き	（せ）		き	し	しか	

「き」は終止形、連体形、已然形に活用する。

鰤《ぶり》が人より美しかりき暮の町（終止形）　加藤　楸邨

「美かりき」の「き」は、鰤の姿が人以上に美しかった、と過去の事柄を確信的に回想して句を終止する。

白樺の花をあはれと見しがわする（連体形）　水原秋櫻子

「見しが」の「し」は助詞「が」を伴い、白樺の花を趣深いものとして見たが今は忘れている、と作者が過去に直接経験した事柄を述べるときに用いる。

白藤や揺りやみしかばうすみどり（已然形）　芝　不器男

「揺りやみしかば」の「しか」は助詞「ば」を伴い、白藤の花房の揺れが止まったところ、と動作が終わったことを述べて、薄みどりの色に気付く、という下の語句へ続ける。

「き」はカ変動詞とサ変動詞には特殊な接続をする。

カ変未然形（こ）に付く場合は

「来《こ》し」。「来《こ》しか」となり、「来《こ》き」とは用いない。

カ変連用形（き）に付く場合は

「来《き》し」。「来《き》しか」となり、「来《き》き」とは用いない。

サ変未然形（せ）に付く場合は

「せし」。「せしか」となり、「せき」とは用いない。

サ変連用形（し）に付く場合は

「しき」となり、「しし」「ししか」とは用いない。

深《しん》峡《けふ》や旗じるしせし鮎《あゆ》の宿（連体形）　山口　誓子

右の「し」は、サ変動詞「旗じるしす」の未然形「旗じるしせ」に接続している例である。

けり（過去の助動詞）

基本の形	未然形	連用形	終止形	連体形	已然形	命令形
けり	（けら）		けり	ける	けれ	

「けり」は過去・回想の助動詞といわれ、古典文学で多く伝聞を示す場合、また気付き、詠嘆を示す場合に用いられた。俳句ではもっぱら文末で詠嘆を示す切字として用いている。「けり」は一句を引き締める切字である。

「けり」は終止形、連体形、已然形に活用する。未然形「けら」は「けらずや」の用法に使う。

秋の蝶黄を印しつゝ飛びにけり（終止形）高濱　虚子

流し雛堰落つるとき立ちにけり（終止形）鈴木　花蓑

咲き切つて薔薇の容《かたち》を超えけるも（連体形）中村草田男

「飛びにけり」「立ちにけり」の「に」は完了の助動詞「ぬ」の連用形。「超えけるも」は下二段活用「超ゆ」の連用形「超え」に連体形「ける」と助詞「も」が付き、はるかに超えていることよ、と感動をあらわす。

つ（完了の助動詞）

基本の形	未然形	連用形	終止形	連体形	已然形	命令形
つ	て	て	つ	つる	つれ	てよ

港通り日覆《ひよけ》はやめつ海青し（終止形）大野　林火

「はやめつ」の「つ」は、日除《ひよ》けを早く取付けた、と動作・作用が完結したことをあらわす。

此《この》梅に牛も初音と啼《なき》つべし（終止形）　芭蕉

「啼《なき》つべし」は終止形「つ」に推量の助動詞「べし」が連なり、きっと啼くだろう、と強意を示して推量する。

大寺や霜除しつる芭蕉林（連体形）　村上　鬼城

「霜除《しもよけ》しつる」の「つる」は、霜除けをすました、と既にある事柄が実現したことをあらわして、「芭蕉林」を修飾する。

ラグビーの暮色はなほも凝《こ》りつ散りつ（終止形）　中村草田男

「凝《こ》りつ散りつ」は二つの動作が並んで行われることをあらわす。ラグビーの試合は続行し、夕暮れになおも選手が固まったり散ったりしている。この「つ」を並列の助詞とする見方もある。「つ」は次に説明する「ぬ」とほぼ同じ意味をあらわすが、「つ」は動作の意志的・作為的な動詞に比較的用いられ、「ぬ」は自然推移的・無作為的な動詞に用いられる。

ぬ（完了の助動詞）

基本の形	未然形	連用形	終止形	連体形	已然形	命令形
ぬ	な	に	ぬ	ぬる	ぬれ	ね

いま一つ椿落ちなば立ち去らん（未然形）　松本たかし

「椿落ちなば」の「な」は助詞「ば」を伴い、椿が落ちたなら、と動作・作用が完結したことを仮定して述べ、それから実行しようとする動作「立ち去らん」（立ち去ろう、の意）へ続ける。

来て見れば夕《ゆふべ》の桜実となりぬ（終止形）　蕪村

「実となりぬ」の「ぬ」は、満開だった桜が実となっていた、と動作・作用が完結する意をあらわす。

鶏頭の十四五本もありぬべし（終止形）　正岡　子規

「ありぬべし」は終止形「ぬ」に推量の助動詞「べし」が連なり、鶏頭の花と作者との距離が少しあるのではっきり見えないが、十四五本は確かにあるだろう、と推量する。

老いぬれば枕は低し宝舟（已然形）　水原秋櫻子

「老いぬれば」の「ぬれ」は助詞「ば」を伴い、年老いてしまうと、と完了の意をあらわして、枕は低いという次の事柄を確認する。

たり（完了の助動詞）

基本の形	未然形	連用形	終止形	連体形	已然形	命令形
たり	たら	たり	たり	たる	たれ	たれ

これきりに径《こみち》尽たり芹の中（終止形）　蕪村

「尽《つき》たり」の「たり」は、尽きてしまった、と動作・作用が完結したことをあらわす。

花冷えの田より抜きたる足二本（連体形）　本宮　哲郎

「抜きたる」の「たる」は、抜いた、と完了の意で、名詞「足」を修飾する。

櫟《くぬぎ》萌え三日《みか》を経たればば丘しろし（已然形）　水原秋櫻子

「経たれば」の「たれ」は助詞「ば」を伴い、経てしまうと、と完結した結果が存続する意を述べて次の事柄を確認する。

縁側にさしたり消《け》たり雨月かな（終止形）　阿波野青畝

「たり」は二つの動作が並行することをあらわす。「消《け》」は下二段活用「消ゆ」の連用形「きえ」と同じ用いかたである。

けむ（推量の助動詞）

基本の形	未然形	連用形	終止形	連体形	已然形	命令形
けむ（けん）			けむ（けん）	けむ（けん）	けめ	

「けむ」はケンと発音するため「けん」とも書く。終止形、連体形、已然形に活用する。一般に過去推量の助動詞といい、作者の経験しないことや、はっきりしない過去の事柄を、想像・推量する意をあらわす。過去の事柄についてその時、場所、人、手法、原因などを、推量・推理する場合に用いる。

鎌倉を生て出《いで》けむ初鰹（終止形）　芭蕉

「出けむ」は「出たことであろう」の意で、初鰹の新鮮さをほめて、鎌倉を生きて出たことであろう、と過去の事柄を推量する。

土雛は昔流《る》人《にん》や作りけん（連体形）　渡辺　水巴

「作りけん」は、「流人や」の疑問の係助詞「や」と係り結びとなり、こんな素朴な土雛ははじめに流人の作ったものだろう、と過去の事柄を推量する。

たし（願望の助動詞）

基本の形	未然形	連用形	終止形	連体形	已然形	命令形
たし	たく たから	たく たかり	たし	たき たかる	たけれ	

菫程《すみれほど》な小さき人に生れたし（終止形）　夏目　漱石

「たし」は、おもに作者自身が、ある事柄の実現を願望する場合に用いる。「生れたし」は「生まれたい」の意。

「たし」はまた客観的に第三者への願望をあらわす場合にも用いる。

終止形に接続する助動詞

べし（推量の助動詞）

基本の形	未然形	連用形	終止形	連体形	已然形	命令形
べし	べく べから	べく べかり	べし	べき べかる	べけれ	

雛飾る暇《いとま》はあれど移るべく（連用形）　中村　汀女

「移るべく」は「移るべくあり」の省略である。近いうちに移転しそうである、と確信的にある事柄を推量・予想する。

やや寒や日のあるうちに帰るべし（終止形）　高濱　虚子

「帰るべし」は作者の動作を示す語に「べし」が付いているので、帰るつもりだ、帰ろう、と意志をあらわす。

抱く吾子も梅雨の重みといふべしや（終止形）　飯田　龍太

生まれたばかりと思っていた可愛いい子が急に手応えを感ずるほど重くなったが、これは湿気の多い梅雨のためかもしれない、と思い直して照れている句であろう。それにしてもこの梅雨は重苦しいものよ、と梅雨空を眺めているのであろう。「いふべしや」の「べし」は助詞「と」の上の内容を、当然・適当だと是認する。

蟬の子に父還るべき夏きたる（連体形）　加藤　楸邨

「父還るべき」は、父が戦地より帰ってきそうな、と予想をあらわし、体言「夏」を修飾する。

茲《ここ》十日萩大名といひつべし（終止形）　阿波野青畝

完了の助動詞「つ」に連なった「べし」は、萩の花にかこまれて確かに萩大名といってよい、と当然・適当の意を強調して是認する。

「べし」はラ変型活用語には、連体形に接続する。

まじ（打消推量の助動詞）

基本の形	未然形	連用形	終止形	連体形	已然形	命令形
まじ	まじく まじから	まじく まじかり	まじ	まじき まじかる	まじけれ	

「まじ」は、推量の助動詞「べし」の否定と思ってよい。

優曇華やしづかなる代《よ》は復《また》と来まじ（終止形）　中村草田男

「復《また》と来まじ」は二度と来ないにちがいない、と副詞「復《また》と」により、強く否定して予想する。

美しく残れる雪を踏むまじく（連用形）　高濱　虚子

「踏むまじく」は「踏むまじくをり」の意の省略である。作者の動作を示す語に付き、決して踏まないつもりだと、強く否定した意志をあらわす。

らむ（推量の助動詞）

基本の形	未然形	連用形	終止形	連体形	已然形	命令形
らむ（らん）			らむ（らん）	らむ（らん）	らめ	

「らむ」はランと発音するため「らん」とも書く。終止形、連体形、已然形だけに活用する。おもに作者が実際に触れることのできない場所で起きている事柄を想像する場合に用いる。

父母の夜長くおはし給ふらん（終止形）　高濱　虚子

「おはし給ふらん」の「らん」は終止形である。故郷では今ごろ父母が秋の夜長をお過ごしになっていらっしゃることだろう、と現在の事柄を想像している。「おはし給ふ」は四段活用終止形、尊敬語である。

灯のともる干菜の窓やつむぐらん（終止形）　高濱　虚子

「つむぐらん」の「らん」も終止形。あかるい灯がともり、干菜をつるしている姿が見える、家の中では糸をつむいでいることだろう、と想像する。

「らむ」はラ変型活用語には連体形に接続する。

めり（推量の助動詞）

基本の形	未然形	連用形	終止形	連体形	已然形	命令形
めり		（めり）	めり	める	めれ	

「めり」は現在の事実を推量する。終止形、連体形、已然形に活用する。

淋《さび》しさに花さきぬめり山桜（終止形）　蕪村

「ぬめり」は、完了の助動詞「ぬ」に「めり」が連なったもの。山中のさびしさのあまりに花が咲いたようだ、と断定をさけて遠まわしに表現する。

「めり」がラ変型活用の語に接続する場合、撥《はつ》音便となり、また、その撥音「ん」が表記されないことがある。

なりめり──→なんめり（なめり）・静かなんめり（静かなめり）
ありめり──→あんめり（あめり）
多かりめり──→多かんめり（多かめり）など

らし（推量の助動詞）

基本の形	未然形	連用形	終止形	連体形	已然形	命令形
らし			らし	らし（らしき）	らし	

金鈍る三日月は霜かかるらし（終止形）　渡辺　水巴

金色の鈍い三日月と現実の状況を述べて、霜がかかっているらしい、と現在の状態を確信的に推定する。

なり（伝聞・推定の助動詞）

基本の形	未然形	連用形	終止形	連体形	已然形	命令形
なり		（なり）	なり	なる	なれ	

「なり」は推定と伝聞とをあらわすが、俳句ではもっぱら推定に用いられている。終止形、連体形、已然形に活用する。推定の「なり」は、つねに主語が対称・他称であり、自称はない。また、ラ変型活用語は連体形に接続する。

白露や芙蓉《ふよう》したゝる音すなり（終止形）　夏目　漱石

きらきらと鶏頭のこゑとどくなり（終止形）　森　澄雄

右の「なり」は音がするようだ、声がとどくようだ、と推量する意をあらわす。

雲の峰また鶸の鳴き渡るなり（終止形）　飯田　龍太

右は耳に入る鳴き声から推量し、鳴きながら渡ってゆくらしい、と鶸の行動を判断する。

終止形に付く「なり」は、近世においては伝聞・推定ではなく、詠嘆の働きをするものと理解されるのが一般的であったが、現代では研究の成果により、伝聞・推定説が定説となっている。特に近世作品の「なり」を理解する際には、この経緯をふまえて注意を払う必要がある。

連体形などに接続する助動詞

なり（断定の助動詞）

基本の形	未然形	連用形	終止形	連体形	已然形	命令形
なり	なら	なり に	なり	なる	なれ	（なれ）

吾が真似て漉きたる紙は紙ならず（未然形）　山口　誓子

右は、未然形の「なら」が打消の助動詞「ず」へ続き、上に述べた事柄を文末で否定して断定する。

プラタナス夜もみどりなる夏は来ぬ（連体形）　石田　波郷

右は、プラタナスが夜も緑色である、と一定の状態をはっきり断定して名詞「夏」を修飾する。

炎天に清流熱き湯なれども（已然形）　山口　誓子

右は「熱き湯なれども清流」を倒置している。熱い湯であるが、と湯の一定の性質を述べて断定し、それと順当でない事柄（清流）へ続ける用法である。

旅なればこの炎天も歩くなり（已然・終止形）　星野　立子

「旅なれば」は、旅に出ているので、と状態を断定した上での原因・理由を示す。「歩くなり」は、上の原因・理由を受けて、この炎天さえ歩くのだ、と文末で断定する。

年を経し我が身なりけり明易き（連用形）　高濱　虚子

「我が身なりけり」は、連用形「なり」に「けり」が連なり、我が身であることよ、と断定に詠嘆が加わる。

断定の「なり」は体言、活用語の連体形に接続する。

たり（断定の助動詞）

基本の形	未然形	連用形	終止形	連体形	已然形	命令形
たり	たら	たり と	たり	たる	たれ	（たれ）

月凍り星をして星たらしむる（未然形）　山口　誓子

「星たらしむる」の「たら」は、使役の助動詞「しむ」の連体形「しむる」と連なり、星であらせる、と星の資格をはっきりと示す。

一つ買ひし巨林檎《おほりんご》手に旅人たり（終止形）　中村草田男

文末に用いる終止形「たり」は、上五中七で人物の状態を述べて、文末でそれが「旅人」であると断定する。

断定の「たり」は体言だけに接続する。

ごとし（比況の助動詞）

基本の形	未然形	連用形	終止形	連体形	已然形	命令形
ごとし	ごとく	ごとく	ごとし	ごとき		

「ごとし」は、ある事物を他のものと比較し、たとえていう比喩の用法（直喩法）である。

秋の旅住む地を求めゆくごとく（連用形）　飯田　龍太

朝顔は水輪《みなわ》のごとし次ぎ〳〵に（終止形）　渡辺　水巴

きさらぎが眉のあたりに来る如し（終止形）　細見　綾子

春著きて孔雀の如きお辞儀かな（連体形）　上野　泰

龍太の俳句は、秋の旅は永住の場所をさがし求めてゆくようだ、とたとえる。水巴の句は次々に咲く朝顔を次々に浮かぶ水輪にたとえる。綾子の俳句は如月《きさらぎ》の季節の趣を作者独自の感覚でたとえる。泰の句は春著、すなわち新年の晴着を着た華やかな姿を美しい孔雀にたとえる。

腎衰へて昆虫のごと冬最中（語幹）　森　澄雄

右は「ごとし」の語幹「ごと」を用いている。

「昆虫のごと」は「昆虫のごとし」と同じ用法である。腎臓の衰えている状態を冬の昆虫のようだ、とたとえている。

特殊な接続の助動詞

り（完了の助動詞）

基本の形	未然形	連用形	終止形	連体形	已然形	命令形
り	ら	り	り	る	れ	れ

「り」はおもに終止形と連体形が使われる。四段動詞の已然形（一説には命令形）と、サ変動詞の未然形に接続する。

火口壁まなかひに失せて霧吹けり（終止形）　水原秋櫻子

朴《ほほ》の葉や秋天たかくむしばめる（連体形）　飯田　蛇笏

巣作ると雀のなせることかなし（連体形）　山口　誓子

右は動作・作用が現に継続・進行していることをあらわす。主として持続的な動作・作用をあらわす動詞に付く。

揚花火杉の木の間に散らばれり―（終止形）　中村　汀女

雪合羽汽車にのる時ひきずれり―（終止形）　細見　綾子

右は動作・作用が完結したことをあらわす。「散らばれり」「ひきずれり」は散らばってしまった、ひきずってしまった、の意。

助詞《じょし》

助詞は活用のない付属語である。さまざまな語に付いて文節を作り、一句の主題を示したり、一定の意味を加えたり、声調をととのえたりするので、助詞のはたらきを知ることは重要である。

助詞の種類は、格助詞、接続助詞、副助詞、係助詞、終助詞、間投助詞の六つに分かれている。

格助詞

格助詞は、体言（名詞）や体言に準ずる語に付いて文節を作り、その文節が他の文節に対し、どんな関係にあるか（これを格という）を示す。

〔主語を作る「の」「が」〕

すこしづつ風の《主語》さらへる《述語》今年藁　石田　勝彦

「の」は名詞「風」に付いて文節を作り、動作をあらわす用言を含む下の連文節「さらへる」に対し、主語・述語の関係にあることを示す。

春山をいただくバスの馳せて来し　中村　汀女

寒風のひびきて草のみどり萌ゆ　飯田　龍太

「春山をいただく（春の山を屋根の上に見せて進む）バスの」が主語、「馳せて来し（走って来た）」が述語。「寒風の」が主語、「ひびきて」が述語。また、「草のみどり萌ゆ」の

「みどり」の下には、主格の助詞「が」が省略されている。

能登麦秋女の運ぶ水美し　細見綾子

「女の」が主語、「運ぶ」が述語であるが、「女の運ぶ」は、体言「水」へ続く連文節になるため、この主格助詞「の」は、連体修飾節の主語・述語の関係を示す。切れる文節「美し」の主語になる「水」の下には、主格の助詞「が」が省略されている。

干魚の眼が抜けゐたり熊野灼く　茨木和生

二人居の一人が出でて葱を買ふ　細見綾子

麦秋の中なるが悲し聖廃墟　水原秋櫻子

「が」も主語・述語の関係を示す主格の助詞である。「干魚の眼」は主語、「抜けゐたり」は述語。「二人居の一人が」は主語、「出でて葱を買ふ」は述語。「麦秋の中なるが（麦秋の中にあることが）」は主語、「悲し」は述語である。

うつしみにわが咳き入りて妻子覚む　日野草城

「わが」は主語、「咳き入りて」は述語である。また、「覚む」という述語の主語になる

「妻子」の下には、主格の助詞「が」が省略されている。

〈連体修飾語を作る「の」「が」「つ」〉

水ゆれて鳳凰堂へ蛇の首　阿波野青畝

「蛇の」の「の」は、「蛇」が体言「首」の修飾語であることを示す。いずれも所有の関係を示す連体格の助詞である。

薔薇の辺やはにかみの齢過ぎたれど　森　澄雄

一月の川一月の谷の中　飯田　龍太

右の「の」は領域・性質・時・所有を示す連体格の助詞である。

陽炎《かげろふ》や名もしらぬ虫の白き飛《とぶ》　蕪村

「虫の白き」の「の」は、虫である白いもの、と同格を示す。これも連体格の助詞である。

寒梅を手折《たをる》響《ひびき》や老《おい》が肘《ひぢ》　蕪村

わだつみに物の命のくらげかな　　高濱　虚子

右の「が」「つ」も、「の」と同じく連体修飾語を作るため、連体格の助詞である。「つ」は上代の格助詞で、空や場所・時などに関する名詞に付き、「沖つ波」「遠つ方」「奥つ方」などのように用いられる。現在は複合語として慣用的にしか用いられない。

〈目的語を作る「を」〉

夕風や水青鷺の脛をうつ　　蕪村

「を」は体言「脛」に付き、動作をあらわす用言「うつ」の目的語（連用修飾語）を作る。

小春日や石を嚙みゐる赤蜻蛉《とんぼ》　　村上　鬼城

はこせこの子を憎みけり手毬つく　　松藤　夏山

肱振つて近寄る蚋を払ひ〳〵　　星野　立子

「石を」の「を」は「嚙みゐる」の目的をあらわす助詞である。「はこせこの子を」の

「を」は「憎みけり」の目的を、「蚋を」の「を」は「払ひ〳〵」の目的を示す。夏山の俳句には「手毬をつく」の「を」が、立子の俳句には、「肱を振つて」の「を」が省略されている。

家こぼつふるき都の菫かな　松瀬　青々

病み臥して啄木忌知る暮の春　富田　木歩

竹煮草葬儀へ父の時計持ち　飯田　龍太

目的語を作る「を」は省略されることが多い。

右の俳句にも「家をこぼつ（こわす）」「啄木忌を知る」「時計を持ち」の「を」が省略されている。

〔**補語を作る格助詞**〕

補語を作る格助詞は「に」「と」「の」「を」「へ」「より」「から」「にて」など数が多い。動作・作用・存在・状態をあらわす用言の補語（連用修飾語）を作る。

場所を示す「に」「にて」

滝の上に水現れて落ちにけり　後藤夜半

虹懸る船の太笛鳴る上にて　山口誓子

時を示す「に」「にて」

沖の鴨一夜に浦をうづめけり　水原秋櫻子

寒夜にて川の奔流あらはなり　大野林火

方向・帰着点を示す「に」「へ」

三月や伊勢にまた来て鳥貝を　森澄雄

幽冥《いうめい》へおつる音あり灯取虫　飯田蛇笏

経過点を示す「を」「から」「より」「ゆ」

切支丹坂を下り来る寒さ哉　芥川龍之介

柳鮠さばしる水をかちわたる　水原秋櫻子

石段を東風《こち》ごう〳〵と本門寺　川端　茅舎

右は、どこを通ってどうする、をあらわすため動作の経過する地点を示す。動作をあらわす語には「来」「渡る」など移動を示すものが使われるが、俳句では省略されることがある。「ゆ」は専ら上代に使われた格助詞である。

日の春を孔雀の羽の光かな　内藤　鳴雪

永《えい》劫《ごふ》の如し秋夜を点滴す　日野　草城

右は、いつを通してどうする、をあらわすため動作の経過する時間を示す。「日の春（元日）」は新年の季語。

起点を示す「を」「から」「より」「ゆ」

柏餅古葉を出づる白さかな　渡辺　水巴

柳から日のくれかゝる野《の》路《みち》かな　蕪村

光堂より一筋の雪解水　有馬　朗人

弱木より動き吉野の青あらし　平畑静塔

月ゆ声あり汝は母が子か妻が子か　中村草田男

右は、動作の起こる場所を示す。

山栗の落つる後より露の降る　松本たかし

まどろみゆ覚むれば春のゆふべなる　日野草城

右は、動作の起こる時間を示す。

動作の目標（対象）を示す「に」

初富士にかくすべき身もなかりけり　中村汀女

動作の目的を示す「に」

いざさらば雪見にころぶ所迄　芭蕉

命をかし郭公聴きに軽井沢　松根東洋城

状態の変化の結果を示す「に」「と」

もろこしの穂に出てそよぐ月夜かな　村上　鬼城

雁列の鉤になりゆく濃くなりゆく　中村草田男

双蝶となりつゝ高く〳〵とぶ　星野　立子

灯が漏れて秋の簾となりにけり　菖蒲　あや

引用・内容を示す「と」

雁や胎《たい》中《なか》といふ山の村　森　澄雄

返り花すなはち祖母の忌と思ふ　飯田　龍太

動作の共同を示す「と」「して」

鷹老いてあはれ烏と飼はれけり　村上　鬼城

二人してむすべば濁る清水哉　蕪村

「二人してむすべば」は、二人でいっしょに水を手のひらにすくってくむと、の意。

動作の原因・理由を示す「に」

さびしさに桜貝舐《な》め紅濃くす　山口　青邨

状態・比況を示す「に」

珈琲にさくら四分や恋に似る　森　澄雄

動作の手段・方法を示す「に」「にて」「して」

白粉《おしろい》の花に遊ぶや預り子　松瀬　青々

有り合はすものにて祭る子規忌かな　高濱　虚子

凩や手して塗りたる窓の泥　村上　鬼城

比較の基準を示す「より」

菊映ゆる厨子《ずし》より黒き御像《おんすがた》　水原秋櫻子

炬燵より背低き老となられけり　高濱　虚子

即時を示す「より」

草の葉を落《おっ》るより飛ぶ螢哉　芭蕉

「落るより飛ぶ」は、落ちるとすぐに飛ぶの意。

並列を示す「と」

菖蒲田と草山とあるやさしさよ　松本たかし

時計塔と旱の月と空きつ腹　加藤楸邨

「空《す》きつ腹」の下には「と」が省略されている。並列の「と」は、省略しても意味がわかる場合、下の方を省くことがある。

強意を示す「に」

臥《ぐわ》竜《りよう》梅《ばい》磴《とう》は畳みに畳みたる　阿波野青畝

「磴《とう》は畳みに畳みたる」は、石段は幾重にも積まれてあるの意。「に」は同じ動詞を重ねた間に入って意味を強める。「澄みに澄む」「伸びに伸び」と連用形に接続する。格助詞としない見方もある。

添加を示す「に」

しぐれつつ花咲く菊に葉のにほひ　飯田　龍太

以上は、すべて補語を作る格助詞である。

接続助詞

接続助詞は上下の文節や文を接続する。接続のしかたを大きく分けると、順接、逆接、単純接続、の三種類になる。

〔順接助詞〕

仮定順接「ば」

仮定順接とは、まだ起こっていない事柄を仮定して述べ、下へ順当な結果に続ける表現法である。活用語の未然形に付く。

あられせば網代《あじろ》の氷魚《ひを》を煮て出さん　芭蕉

サ変活用「あられす」の未然形「あられせ」に付いた「ば」は、あられが降ったならば、という仮定条件を示し、網代の氷魚を煮て出そう、という順当な結果に続ける。

しぶとかるべしこの兜虫声出さば　加藤楸邨

小言《こごと》いふ相手もあらばけふの月　一茶

右は、たとえ小言をいうような相手でもいたなら、と仮定して述べている。下に続く「よろしい」の意味を示す語を省略するものである。

雲の峰ほどの思ひの我にあらば　松瀬青々

確定順接「ば」「に」「ながら」「つつ」

確定順接とは、ある事柄が既に起こったものとして述べ、下へ順当な結果に続ける表現法である。「ば」は已然形、「に」は連体形、「ながら」「つつ」は連用形に付く。

確定条件は一般に、原因・理由を示す「ば」が多く用いられるが、俳句では、あまり使われていない。理由・事情を説明する余地のないことと、内容にことわりが入りがちだからである。

人来ねば土筆長けゆくばかりかな　水原秋櫻子

みちのくの雪深ければ雪女郎　山口　青邨

事実を述べて接続する「ば」「に」

来て見れば夕《ゆふべ》の桜実となりぬ　蕪村

上一段活用「見る」の已然形に付いた「ば」は、来てみると、来てみたところ、の意をあらわす。

療園や林をゆけば鵙に猫　森　澄雄

愚案ずるに冥途《めいど》もかくや秋の暮　芭蕉

サ変活用「愚案ず」の連体形「愚案ずる」に付いた「に」は、愚かながら考えると、愚かにも考えたところ、の意をあらわす。

恒常条件を示す「ば」

念力《ねんりき》のゆるめば死ぬる大暑かな　村上　鬼城

四段活用「ゆるむ」の已然形に付いた「ば」は、大暑に生きる気力がゆるんだ場合、の意をあらわし、いつもきまって死ぬのだ、というように、下を一定の結果が生ずると続ける表現法。

同時順接「ながら」「つつ」

同時順接とは、上の動作・状態と下の動作・状態が、同時に共存する場合、続ける用法である。

顔見せの噂や火鉢拭きながら　水原秋櫻子

玉虫の熱沙掻きつつ交《さか》るなり　中村草田男

春めくと覚えつつ読み耽るかな　星野　立子

以上は、すべて順接助詞である。同時順接「ながら」「つつ」を単純接続とする見方もある。

〈逆接助詞〉

逆接確定「ど」「ども」「に」「て」

逆接確定とは、既に起こっている事柄を述べ、下へ順当でない結果に続ける表現法である。「ど」「ども」は用言の已然形、「に」は連体形、「て」は連用形に付く。

雲あれど無きが如くに秋日和　高濱　虚子

ラ変活用「あり」の已然形に付いた「ど」は、雲があるのに、という確定条件を示し、無きが如くに、と逆の内容に続ける。

秋風のふけども青し栗のいが　芭蕉

四段活用「吹く」の已然形に付いた「ども」は、秋風が吹いてきたけれども、という確定条件を示し、栗のいがは青い、と順当でない結果へ続ける。

木曾の痩もまだなほらぬに後《のち》の月　芭蕉

雪ふるやきのふたんぽぽ黄なりしに　山口　青邨

「なほらぬに」は、直らないのに。「黄なりしに」は黄色の花が咲いていたのに。「に」は、…のに、…けれども、の意をあらわす。

浸りゐて水馴《みな》れぬ葛やけさの秋　芝　不器男

「浸りゐて」は、浸っていても。「て」は、…のに、…けれども、…ても、の意をあらわす。

単純な逆接を示す「て」「ながら」「つつ」「に」

夏痩や心の張りはありながら　高濵　虚子

「て」「ながら」「つつ」は連用形に付いて、…のに、…ながらも、の意をあらわす。

朝寝せり漁翁鰆《さわら》をさげ来るに　水原秋櫻子

「に」は連体形に付いて逆接を示すが、右の俳句のように文末に置いて、逆接的な余情を含んだ感動をあらわす用法がある。

仮定的強調表現「とも」「ど」「ども」

紙ぎぬのぬるともをらん雨の花　芭蕉

心易き家郷の月や暗くとも　高濵　虚子

何が走り何が飛ぶとも初日豊か　中村草田男

「とも」は活用語の終止形・連体形（形容詞は連用形）に付き、確定的な事柄を仮定的に述べて強調する表現法である。芭蕉の俳句では、四段活用「濡《ぬ》る」の終止形に付き、紙ぎぬが雨に濡れているが、たとえ雨に濡れても、の意をあらわし、花を折ろう、と決意する意の文節に続ける。虚子の俳句では、形容詞「暗し」の連用形に付き、暗いが、たとえ暗くても、の意をあらわす。

また、「ど」「ども」も活用語の已然形に付き、仮定条件を示して一般的な習慣や、普遍的真理を述べる用法がある。…たとしても（やはり）の意をあらわす。

〔**単純接続**〕

単純接続は、既に述べた仮定・確定条件がなく、上下の動作・状態が同時的に共存する場合に用いる。

並列・順序を示す「て」

しら玉の雫《しづく》を切つて盛りにけり　日野　草城

咲きみちて庭盛り上る桜草　山口　青邨

雪の前炭火ひらきて信濃にゐ　森　澄雄

茶の花の映りて水の澄む日かな　飯田　龍太

右は活用語の連用形に付き、二つの動作・状態を並列して述べる。

補助動詞に結ぶ「て」

春の夜は桜に明《あけ》て仕《し》廻《まひ》けり　芭蕉

おろかなる犬吠えてをり除夜の鐘　山口　青邨

右は、連用形に付き、補助動詞「しまひ」「をり」を結ぶ。状態を示す「て」「して」「ながら」

末枯《うらがれ》の陽《ひ》よりも濃くてマッチの火　大野　林火

冬耕《とうかう》の畝《うね》長くしてつひに曲る　山口　青邨

故もなく寧《やす》からずして木《こ》の芽季《めどき》　富安　風生

「て」「ながら」は連用形、「して」は形容詞・形容動詞と助動詞「ず」の連用形に付く。動作の継続・くり返しを示す「つつ」

欝々と蛾を獲《え》つつある誘蛾燈　阿波野青畝

けふもまた花見るあはれ重ねつつ　山口　青邨

「つつ」は連用形に付く。文末に用いると詠嘆が感じられることがある。

打消を示す「で」

うごくとも見えで畑打《うつ》男哉　　去来

踏青や法三章は読までで過ぐ　　内藤　鳴雪

枯萩のいつまで刈らであることか　　高濱　虚子

「で」は活用語の未然形に付き、上の動作・存在・状態を否定して下の語句へ続ける。打消の助動詞「ず」と状態を示す接続助詞「して」が重なった「ずして」の意。

時間的な継起関係を示す「と」

上行《ゆく》と下来る雲や秋の天《そら》　　凡兆

秋ゆくと照りこぞりけり裏の山　　芝　不器男

「と」は終止形に付き、動作と動作が引き続いて起こる意をあらわす。

副助詞《ふくじょし》

副助詞はいろいろの語に付き、その語と一体になって副詞のように、下の用言の程度・分量・状態などを、限定・修飾する。「まで」「ばかり」「のみ」「ほど」「さへ」「など」「し」などがある。

限界を示す「まで」

通夜までをすこし暇《いとま》の昼蛙　松本たかし

鮟鱇《あんかう》の骨まで凍《い》ててぶちきらる　加藤楸邨

秋燕の虚しきまでに日の温み　飯田龍太

武士《さむらひ》や鶯に迄つかはるる　一茶

「まで」は体言、活用語の連体形、助詞に付く。「通夜までを」は「通夜の始まるまでの間を」の意。一茶の俳句は「城中鶯」の題が付いている。「鶯にまで」は、殿様だけでなく鶯のようなものにまで、の意をあらわす。

おおよその程度・範囲を示す「ばかり」

初蝶のこぼるるばかり黄厚く　山口　青邨

「ばかり」は体言、活用語の終止形・連体形、副詞に付く。「初蝶のこぼるるばかり」は、初蝶の羽の色があふれるほど。

限定を示す「ばかり」

さみだれのあまだればかり浮御堂《うきみだう》　阿波野青畝

比良ばかり雪をのせたり初諸子　飴山　實

秋の灯のひらがなばかり母の文　倉田　紘文

限定の「ばかり」は、…だけ、の意をあらわす。

岩折れんばかり波打つ夏はじめ　飯田　龍太

南縁の焦《こ》げんばかりの菊日和　松本たかし

右は推量の助動詞「む（ん）」の連体形に付き、今にも…しそうに、の意をあらわす。

限定を示す「のみ」

凍蝶を箔のこぼれと見たるのみ　星野麦丘人

茶の花や淵のみ残る名栗川　水原秋櫻子

「のみ」は体言や動詞連体形などに付き、それだけと限定して、指示強調する。

添加を示す「さへ」

春燈下なつかし母の死臭さへ　山田みづえ

春の燈の下で、すべてのものが懐かしく、母の死臭までもが懐かしく思われる、と、さらに…まで、の意をあらわす。

他を類推させる意を示す「さへ」

この新樹月光さへも重しとす　山口　青邨

右は程度のはなはだしいものをあげ、他を推量させる意をあらわす。副助詞「すら」と同じ意。…だって、…だけでも。

表現をやわらげる「など」

老大事春の風邪などひくまじく　高濱　虚子

胡桃など割つてひとりゐクリスマス　山口　青邨

強調を示す「し」「しも」

花昏し今しけはしき雲よりも　中村　汀女

鮓《すし》つけて誰待《たれま》つとしもなき身哉　蕪村

「今し」の「し」は、たった今、と「今」を強調し、語調を強める。「誰待つとしもなき」の「しも」は、必ずしも誰かを待つというのではない、の意をあらわす。

副助詞は係助詞に似て、上の語とともに下の用言を、修飾・限定する助詞であるが、俳句では、用言を省略して余情とする用法が多く用いられている。

係助詞《かかりじょし》

係助詞は、いろいろの語に付き、その語に強意、疑問、反語などの意を添え、下の活用語との結びつきを強める。「は」「も」「ぞ」「こそ」「か」「や」などがある。係助詞《けいじょし》ともいう。

区別・強意を示す「は」

北《きた》国《ぐに》の庇《ひさし》は長し天の川　　正岡　子規

猫柳高嶺は雪をあらたにす　　山口　誓子

蕗の花高くましろく春は逝く　　山口　青邨

主格の地位に置かれた「は」は、ある事柄を他と区別し、あるいは特別にとりたてて区別し、叙述の主題として強調して提示する。

強意を示す「は」

白藤には白きひかりの夕日射　　飯田　龍太

蟇ねむり世はざわざわと人地獄　　加藤　楸邨

年は人にとらせていつも若夷《えびす》　　芭蕉

目的格の助詞「を」に付く「は」は「をば」と濁音化する。俳句の場合、下にくる述語を省略することがある。

強意・添加を示す「も」

はるさめや暮《くれ》なんとしてけふも有《あり》　蕪村

唖蟬も鳴きをはりたるさまをせり　加藤　楸邨

月さして遠き牡丹も見えわたる　日野　草城

梨棚の跳《は》ねたる枝も花盛り　松本たかし

主格の地位に置かれた「も」は、昨日と同じように今日も、啼く蟬と同様に唖蟬まで、近いものはもとより遠い牡丹まで、他の枝はもちろん跳《は》ねている枝まで、と、他にも同類のあることを暗示したり、同類の中から一つを取り出したりして、主題を強調する。

明日も晴れん乗鞍見えて夕蜻蛉　大須賀乙字

「明日も」の「も」は、下に推量の助動詞「む（ん）」を伴い、今日と同じようにきっと明日も晴れるだろう、と推量する。

並列を示す「も」

篁も藁屋もとけぬ春の雪　水原秋櫻子

初花も落葉松の芽もきのふけふ　富安風生

並列の「も」は「これもあれも」と類例を明示する。風生の句は「も」を受ける用言を省略して「きのふけふ」と体言止めにしている。

強意・感動を示す「も」

夕焼けて何もあはれや船料理《ふなれうり》　中村汀女

雪山のどこも動かず花にほふ　飯田龍太

不定称の代名詞「何」「どこ」などに付く「も」は、同類をすべてまとめる意をあらわす。汀女の句では、何もかも、すべて、みな、の意で全面肯定をあらわす。龍太の句では、どこもみな、どこもすべて、の意で全面否定をあらわす。

大寒の一戸もかくれなき故郷　飯田龍太

いくたびも無月の庭に出でにけり　富安風生

「一戸も」の「も」は一戸でさえも、と特に強調し、「かくれなき」と全面否定する。「いくたびも」の「も」は、上の副詞「いくたび」を強調し、下の述語「出でにけり」との結びつきを強める。

語調をととのえる「も」

鮎鮓や旅も終りの汽車の中　山口　青邨

咳の子のなぞなぞあそびきりもなや　中村　汀女

「旅も終り」の「も」は、「旅の終り」の語調をととのえている。「きりもなや」の「も」は、「きり」と形容詞「なし」の語幹「な」に「や」の付いた「なや」との間に入り、語調をととのえている。

強意を示す「ぞ」

今年より夏書せんとぞ思ひ立つ　夏目　漱石

温石《をんじやく》の抱き古びてぞ光りける　飯田　蛇笏

「ぞ」は連用修飾語に付いて、上の語や文節を強く指定して、その意味を強める。「温石《をんじやく》」は石をあつくして身体をあたためるためのもの。「ぞ」を受ける活用語は、右の「思ひ立つ」「光りける」のように連体形となる。

夏立つ野何の焔《ほのほ》ぞ棒立ちに　　石田　波郷

「何の焔ぞ」の「ぞ」は、疑問語「何」とともに用いられ、何の焔だろうか、と不定の意をあらわす。

白地着てこの郷愁の何処《どこ》よりぞ　　加藤　楸邨

あの音は如何なる音ぞ秋の立つ　　高濱　虚子

疑問語とともに用いられた「ぞ」は問いただす意をあらわす。

死はいやぞ其きさらぎの二日灸　　正岡　子規

梅漬の種が真赤ぞ甲斐の冬　　飯田　龍太

文末で用いられた「ぞ」は断定を強める。「いやぞ」「真赤ぞ」は「いやなるぞ」「真赤なるぞ」の省略。「永いぞよ」の「ぞ」は感動を示す終助詞「よ」とともに用いられ、永いことだよ、の意。（このように文末に使われる「ぞ」を終助詞とする説もある。）

強意を示す「こそ」

元旦は田ごとの日こそ恋しけれ　芭蕉

春暁やひとこそ知らね木々の雨　日野　草城

春惜むおんすがたこそとこしなへ　水原秋櫻子

枯菊を焚くにほひこそ雑草園　山口　青邨

「こそ」は「ぞ」より強意がつよい。じつに、なんといっても、まことに、いちばん、ほんとうに、などの意をあらわし、述語用言との結びつきを強調する。「こそ」を受けて終止する活用語は「恋しけれ」「知らね」のように已然形となる。

山桜諸法荘厳なればこそ　高濱　虚子

山桜の花を、このあたりのすべてが荘厳であるからこそ、と述べる。確定順接助詞の「ば」に付く「こそ」は、下を省略して余情を含ませる。

疑問・質問・反語を示す「や」

面白し雪にやならん冬の雨　芭蕉

「雪にやならん」の「や」は連用修飾語に付き、雪になるのだろうか、と見込みのある質問をあらわす。「や」を受けて終止する活用語は連体形となる。

雨に暮るる軒端の糸瓜ありやなし　芥川龍之介

古家のキ、キ、と鳴るにや藤椅子鳴るにや　高濱　虚子

龍之介の「ありやなし」は「ありやなしや」の省略。虚子の「鳴るにや」の「や」は、断定の助動詞「なり」の連用形「に」に付き、疑問をあらわす。（このように文末に使われる「や」を終助詞とする説もある。）

疑問・反語を示す「か」

双椿《もろつばき》たゆたふ流《なが》し雛《びな》かと思ふ　山口　青邨

袖口かどこかさや〱萩の花　細見　綾子

青邨の句の「か」は引用句の中で用いられ、疑問をあらわす。綾子の句の「か」は、並列して用いられ、疑問をあらわす。

終助詞《しゅうじょし》

終助詞は文末のいろいろの語に付き、その語に一定の意味を加え、文を終止させる。「かし」「も」「かも」「か」「かな」「な」「そ」「ばや」「もがな」などがある。

強意を示す「かし」

降る雪よ今宵《こよひ》ばかりは積れかし　　夏目　漱石

「かし」は命令形に付き、強く念を押して意味を強める。

詠嘆を示す「な」「も」「かも」「か」「かな」

突として鯛の鳴き出でたりな　　高濱　虚子

「な」は文末の種々の語に付き、…だなあ、の意をあらわす。

旅重ね稲城《いなき》に後《のち》の月見るも　　星野　立子

耳袋取りて物音近きかも　　高濱　虚子

「も」は文末の種々の語に付き、…だなあ、の意をあらわす。「かも」は体言と活用語の連用形に付き、…だなあ、の意をあらわす。「も」「かも」は上代に多く見られる。

母の日やけふは熟路を歩まんか　中村草田男

蚕のごとしねむりほとほと身の透くか　加藤　楸邨

夕鰺のたたきの旬《しゅん》となりけるか　水原秋櫻子

「か」は体言と活用語の連体形に付き、…だなあ、の意をあらわす。草田男の下五「歩まんか」は、歩みたいなあ、楸邨の下五「身の透くか」は、身が透くことだなあ、秋櫻子のは、鰺のたたきの旬となったことだなあ、の意をあらわす。

不二《ふじ》ひとつうづみ残してわかばかな　蕪村

朝夕がどかとよろしき残暑かな　阿波野青畝

藻を焼いて濱の煙れる雨水かな　棚山　波朗

「かな」は俳句の代表的な切字である。蕪村の下五に付いた「かな」は、一句全体の内容をしっかりと受けて、感動的に断定する。青畝、波朗の下五に付いた「かな」は、季節感や生活感を即座に切り取って、軽妙に断定する。

禁止を示す「な」「そ」

ふるさとの此松伐るな竹伐るな　高濱　虚子

忘るなよ藪の中なる梅の花　芭蕉

禁止を示す「な」は動詞と助動詞の終止形（ラ変活用は連体形）に付き、…するな、の意をあらわす。「忘るなよ」の「よ」は、念を押す意をあらわす終助詞である。

花にあそぶ虻《あぶ》なくらひそ友雀《ともすずめ》　芭蕉

「そ」は副詞「な」と呼応し、動詞の連用形（カ変・サ変を除く）を「な……そ」の間にはさみ、禁止の意をあらわす。「虻なくらひそ」は虻を喰らうな、の意をあらわす。

願望・意志を示す「な」「ばや」

墓地を過ぐ久しの夏帽あす脱がな　中村草田男

願望・意志をあらわす「な」は動詞・助動詞の未然形に付き、…しよう、と自己の願望・意志をあらわす。

一時を庭の櫻にすごさばや　高濱　虚子

年の市線香買《かひ》に出《いで》ばやな　芭蕉

「ばや」は動詞・助動詞の未然形に付き、…しよう、…したいものだ、の意をあらわす。「出《いで》ばやな」の「な」は感動を示す。出たいものだなあ、の意。

願望を示す「もがな」

子《ね》の日《ひ》しに都へ行《ゆか》ん友もがな　芭蕉

黄菊白菊其《その》外《ほか》の名はなくも哉《がな》　嵐雪

「もがな」は体言、形容詞の連用形、助詞「に」などに付き、…があればなあ、…てあればなあ、の意をあらわす。

間投助詞《かんとうじょし》

間投助詞はいろいろの語に付き、文節の切れ目にあって、語勢・語調をととのえる。「や」「よ」「を」があるが、俳句では代表的な切字の一つとして「や」を用いている。

切字「や」は一句を中断止し、そこに焦点をかたちづくり、言外の意味と作者の気持ちを提示する。さらに語勢を強め、一句全体のリズムをととのえる。

語調をととのえ、語勢をつよめる切字「や」

白魚や黒き目を明く法《のり》の網　芭蕉

「白魚や」の「や」は、主格をあらわす「が」の地位に置かれ、語勢を強める。

矢絣や妹若くして息白し　中村草田男

「矢絣や」の「や」は、連体修飾語「矢絣の」の「の」の地位に置かれ、語勢を強める。

うづみ火や終《つひ》には煮《にゆ》る鍋のもの　蕪村

たふとがる涙やそめてちる紅葉《もみじ》　芭蕉

右の「や」は、連用修飾語の「埋火に」の「に」の地位や連用修飾語の「涙を」の地位に置かれ、語調をととのえ、また語勢を強める。

配合を示す切字「や」

菊の香や奈良には古き仏達　芭蕉

大門《おほもん》のおもき扉や春のくれ　蕪村

鶯や前山いよよ雨の中　高野　素十

日のありしところに月や崩れ簗　小原　啄葉

右の「や」は二つの事象を配合し、取り合わせることで一句にイメージの重層性を生むはたらきをしている。「菊の香」と「奈良には古き仏たち」、「大門のおもき扉」と「春の暮」、「鶯」と「前山いよよ雨の中」、「日のありしところに月」と「崩れ簗」がそれぞれ重なりぶつかることで、豊かな詩的空間が生まれている。

また「や」は次のように文末に置かれる場合がある。（この場合の「や」を終助詞とする説もある。）「よ」も同じく、文末に置かれる場合があり、俳句ではこの用法がしばしば見られる。（この場合の「よ」を終助詞とする説もある。）

端居して濁世なかなかおもしろや　阿波野青畝

本を積み庭草高く露けしや　山口　青邨

スケートの濡れ刃携へ人妻よ　鷹羽　狩行

第五章　実作の方法と技法

実作の方法

俳句は、五・七・五、十七音の最短詩型であるから、多くの事物を語ることはできない。「何を表現するか」という中心を決め、一句の中に、さまざまな内容を盛り込むことを避け、思い切って省略することが必要である。

俳句を作るとき、短詩型の文体上いろいろの制約を受けるが、俳句固有の方法を用いて、すぐれた作品を生みだすべく努力したい。ここでは俳句固有の方法を、問題点をあげ、例句を引いて、簡略に記した。

俳句の言葉

俳句の言葉は、主として文語を使用するが、口語も用いる。和語、漢語から外来語、慣用表現、俗語、方言など、古語から現代語まで使用して多彩である。言葉の持つ意味、韻律はもとより語感、語気、語呂、響き、余韻などあらゆる機能を駆使したい。かなづかいは、歴史的かなづかいを使用することが多いが、現代かなづかいも用いる。一句の中に歴史的かなづかいと現代かなづかいを混用することは避けたい。

言葉の調子をととのえ、音節内におさめるために、たとえば、温泉のことを、「温泉《おんせん》・出《い》で湯《ゆ》・出湯《でゆ》・湯《ゆ》」などと幾通りにも表現する。また夕を「ゆふべ・ゆふ」と、梅雨を「ばいう・つゆ」などと、読み方を変えて表現する。

駒《こま》ケ嶽の雪仰ぎ寝覚《ねざめ》ノ床を見下しぬ　　松本たかし

木曾駒ケ嶽《こまがたけ》を「こま」、寝覚ノ床《ねざめのとこ》を「ねざめ」と固有名詞を韻律の合う読み方で読む例である。

言葉の表記もさまざまで、漢字だけのもの、ひらがなばかりのもの、カタカナ表記のものもある。

山　又　山　山　桜　又　山　桜　　阿波野青畝

ふりやみていはほになじむたまあられ　　飯田　蛇笏

機　関　銃　低　キ　月　輪　コ　ダ　マ　ス　ル　　西東　三鬼

作句には語彙を豊富にし、言葉を選ばねばならないが、はじめのうちは、読んで意味の通じる、わかりやすい言葉を使い、平明に作ることを第一に心掛けたい。

句切れ

十七音定型の一句の中で、五音・七音・五音のうち、いずれかを断切（休止）することを、句切れという。俳句固有の方法である。

五音・十二音、あるいは十二音・五音という形に一ヵ所のみ断切すると、快い韻律を生み出し、句切れの間に、言外の事象を想像させる。断切によって分けられた二つの部分の意味がぶつかり合うものである場合は、言葉の相乗作用によって深みのある誌的空間がもたらされる。

〔二句一章〕

句切れには、意味の上での断切と、リズムの上での休止がある。一句に一ヵ所句切れのある作品を、二句一章と言う。

春寒や・ぶつかり歩く盲犬《めくらいぬ》　村上　鬼城

降る雪や・玉のごとくにランプ拭く　飯田　蛇笏

湯婆《ゆたんぽ》や・忘じて遠き医師の業　水原秋櫻子

頂上や・殊に野菊の吹かれをり　原　石鼎

鴨渡る・明らかに又明らかに　高野素十

蟇・誰かものいへ声かぎり　加藤楸邨

右は二句一章の格調高い秀句である。・印のところで切れている。

〔一句一章〕

一句一章は一句の途中で断切なく言い切って句柄が大きい。

鶏頭の十四五本もありぬべし　正岡子規

流れ行く大根の葉の早さかな　高濱虚子

をりとりてはらりとおもきすゝきかな　飯田蛇笏

冬菊のまとふはおのがひかりのみ　水原秋櫻子

一句一章らしく一気に詠んで、きっぱりとしたおおらかな名句である。

〔三段切れ〕

一句が三つに切れてしまっているものを言う。
三段切れは、意味も韻律も三つに分かれ、中心点が三つできて、一句としてまとまらなくなってしまうので、はじめのうちは原則として避けた方が無難である。

目には青葉・山ほとゝぎす・初鰹　素堂

奈良七重・七堂伽藍・八重ざくら　芭蕉

雑華世界・花屑句屑・初日影　山口　青邨

三句とも有名な俳句で、素堂の「目には青葉」の「には」の助詞を除いて、名詞だけで作られており、全部の音節が体言止めになり、三段切れとなっている。

窓低し・菜の花明り・夕曇り　夏目　漱石

初蝶来・何色と問ふ・黄と答ふ　高濱　虚子

この二句も、同音を用いたり問答形式をとったりして、三段切れの句をおのずとまとまった印象を与えるものとする努力がはらわれている。

省略・単一化

短詩型の俳句では、対象のすべてを言いあらわすことはできないので、思い切った省略が行われる。前述（第四章　言葉の使い方）の用例でも、いく度か説明したように、省略は俳句固有の効果的な方法である。

まず、自分自身を指す主語、一人称代名詞「吾」「我」などは省略されることが多い。

まだ見ゆる門かへりみる枯堤　　富安　風生

帰省、の前書のあるこの句では、「門かへりみる」の「かへりみる」動作をしているのは作者自身であるが、一人称の主語は省略されている。省略されても二人称、三人称と間違われることはない。

また、省いても意味の通じる助詞、助動詞、動詞などは省略されることが特に多い。

梅雨《つゆ》水輪《みなわ》生れどほしの北陸路　　大野　林火

金沢の旅を詠んだ作品。「梅雨（の）水輪（が）生れどほしの北陸路（なり）」と連体格助詞「の」「が」助動詞「なり」を省略して、定型におさめている。「生れどほし」は、動詞「生る」の連用形に接尾語「どほし」の付いた語（名詞）。「梅雨水輪」の造語（名詞）と、「生れどほし」の語が効果的にはたらいて、北陸金沢の梅雨の季節の情景をリズムよく表現している。

以上は主として文法上の語の省略で、作家は特別に意識することなく自然に省略しているのである。これからの話は、俳句を作る際の素材の省略のことである。詠おうとするものから無駄なものを省き、いわなくても分かるものは切り捨て、できる限り単純化することが必要である。初学のうちは材料をそろえすぎたり、何でも取り入れたくなるものであるが、かえって混乱して意味不明の句になるか、意味は分かっても散文のようになりかねない。庭に沈丁花が匂い、雪柳が咲いていても、どちらかを棄てて、沈丁花か雪柳か一方だけを題材の中心にして詠む。一句一中心、一点集中などといわれる、単一化に通じる方法である。

単一化とは、対象の中から、中心となるものを選び、最も肝心の部分を取り出して表現する俳句特有の方法である。省略や圧縮、単純化などにより単一化された作品は、暗示を与え、連想を呼び、想像力を喚起させる働きがある。

俳句の添削例を見ると、ほとんど原句の省略、単純化、単一化で、添削句が分かりやすく、すっきりとした形になっている。
江戸後期の著名な儒学者で漢詩人と知られた広瀬淡窓の『淡窓詩話』に、推敲の大切さを説く俳諧の話がある。ある人が海鼠《なまこ》の句を作った。

板敷に下女取り落す海鼠哉

師匠に「まずまずのできだが、道具が多すぎる。再考しなさい」といわれ、手直しした。

板敷に取り落したる海鼠哉

「たいへんよろしい。だがまだ十分ではないな」との評。さらに苦吟するのを見かね、師匠が添削して示した。

取り落し取り落したる海鼠哉

第二句では「下女」を削り、第三句ではさらに「板敷」を省略し、ぎりぎりまで単純化して、終に「取り落し」の動作だけに対象をしぼって単一化している。省略、単一化の有名な挿話。

帚木に影といふものありにけり　高濱　虚子

笛《ふえ》方《かた》のかくれ貌《かほ》なり薪能　河東碧梧桐

冬蜂の死にどころなく歩きけり　村上　鬼城

くろがねの秋の風鈴鳴りにけり　飯田　蛇笏

駒ケ岳凍て丶巌を落しけり　前田　普羅

方丈の大庇より春の蝶　高野　素十

いずれも焦点をしぼりこんだ単純無比、印象鮮明な単一化のサンプルのような句である。韻律も響きもよく徹り、深い思いを感じさせて、読者の想像力をかきたてる。夾雑物を棄て去り対象の本質に迫る名句である。

字余り・字足らず

字余り・字足らずとは、十七音定型の五音・七音・五音のうち、いずれかの音節の音数が多かったり少なかったり、または全体が十七音以上あるいは以下になったりすることである。

掛稲の日日にへりけふ急にへりぬ　富安　風生

下五が「急にへりぬ」と六音になり、字余りである。

兎も片耳垂るる大暑かな　芥川龍之介

上五が四音で字足らずとなっている。原句は「小兎も」であったところを「兎も」に推敲した句で、前書に「破調」とある。字足らずであることによって、かえって兎の常ならざる様子が効果的に描写されている。

しら梅に明る夜ばかりとなりにけり　蕪村

中七は「明る夜ばかり」に「と」の一音を字余りにして添え、この部分を強調している。「ばかりとなりにけり」の「り」音の連続と、上五の頭音と尾音、下五の「に」音と「り」音の母音·i音の重なりが、流れるような快いリズムを生み、字余りを補っている。

束ねて投げまた刈るごぼりと田かんじき　古沢　太穂

上五が六音、中七が八音、字余りである。朗誦してみると「束ねて投げ」、「また刈るごぼりと」と、農作業のリズムに合わせて詠われていて、作者自身が稲刈りをしているようである。労働に対する共感がリアルな生産現場の作品を作らせたのだろう。

虹を吐《はい》てひらかんとする牡丹かな　蕪村

厚餡割ればシクと音して雲の峰　中村草田男

麻薬うてば十三夜月遁走す　石田　波郷

三句とも上五が字余りの有名な作品である。

俳句の定型は、日本語の生理上、最も安定したリズムと美の均衡を保つ構造である。はじめのうちは、できる限り、字余り（字足らず）に注意して、音数と音節が一致するよう、定型を守ることが大切である。

句またがり

俳句は五音・七音・五音の三節を定型とするが、意味の切れ目が上五・中七・下五の切れ目に従わず、他にまたがって、一つの意味をあらわす場合、これを「句またがり」という。

別れ蚊帳干す頃しじみ蝶多し　細見　綾子

右の句は、中七の「しじみ」が下五にまたがって、「しじみ蝶多し」と、ひとつのまとまった意味をあらわしているため、意味の上では五・四・八音になり、五・七・五音の定型リズムで読むと句またがりとなる。

兜虫漆黒なり吾汗ばめる　石田　波郷

中七が「漆黒なり」と「吾」に切れていて、「吾」が「汗ばめる」に続いているため、意味上は、五・六・七音となり、句またがりである。兜虫の油っこい黒い形態が、汗ばむような暑さをストレートに表現している。

木の葉ふりやまずいそぐないそぐなよ　加藤　楸邨

意味の上では、上五の「木の葉ふりやまず」が八音で中七にかかり、句またがりである。なめらかなリズムで「いそぐないそぐなよ」と木の葉にも自分自身にも呼びかける。視覚的にもひらがな表記を多用して、俳句の可能性を拡げた作品である。

明ぼのやしら魚白きこと一寸　芭蕉

炎天の遠き帆や[10]**わがこころの帆**[7]　山口　誓子

いずれも秀句といわれる作品であるが句またがり、あるいは誓子のように句割れである。必然的にこのような文体になったものであろう。俳句定型韻律の基調はしっかりとしており、明らかなイメージの浮かぶ作品である。

句またがりは、俳句にリズムの屈折やアクセントの変化、また語調の協調などを生み、その部分を印象づける表現効果があるが、はじめのうちは、句またがりは極力避けて、定型の感覚を身に付けるようつとめるべきである。

実作の技法

俳句を作る技法は、はじめの方で文法とともに、若干の解説をしているが、実作に必要な技術のいくつかを簡略に記し、文法上の説明も併せて行う。

比喩《ひゆ》

修辞法の一つ。物事を説明するとき、類似する事物によって譬《たと》える技法である。他のものをあげて暗示を与え、詩情をかもしだす効果がある。比喩には直喩と暗喩（隠喩）がある。

〔直喩（シミリー）〕

他のものに譬《たと》えて、意味や雰囲気をあらわすとき、何々のように、あるいは何々のごとく、などと比較してつなげる使いやすい技法である。明喩法ともいう。日常語にも多く使用されているが、「風のやうに速し」というような類型的な使い方は避けた方がよい。

直喩では「何々のような何」と一種類しかあらわすことができないが、外形の類似に始まり質の共通まであらわしうる具象性を持つすぐれた技法である。

寒夕焼終れりすべて終りしごと　細見　綾子

火を投げし如くに雲や朴の花　野見山朱鳥

秋の暮水のやうなる酒二合　村上　鬼城

山霧や黄土《はに》と匂ひて花あやめ　芝　不器男

右の句は助動詞「ごと」「如く」「やうなる」、助詞「と」を用いて比喩し、効果をあげている。不器男の句の体言「黄土」に付いた格助詞「と」は「黄土のように匂ひて」とたとえて「匂ひて」を修飾する。

さながらに河原蓬《かはらよもぎ》は木となりぬ　中村草田男

柚子煮詰む透明は喜びに似て　細見　綾子

炎昼のこもれば病むと異ならず　大野　林火

右の句は説明語を用いて比喩し、作品に深みを与えている。草田男の句の、副詞「さながら」は河原の蓬はまるで木となったようだと「木となりぬ」を修飾する。綾子の「似て」は「似てをり」の省略。汚れなさ、純粋さを求める心情が「似て」の直喩によって表出されている。林火の句は、「異ならず」という直喩で、真夏の日中の耐えきれない暑さを、余すところなく表現している。

〔暗喩（メタファー）〕

隠喩ともいう。「何々のごとき何々」の「ごとき」などの助動詞を省略して、「何々の何々」と、物と物を直接衝突させて、新しいイメージをあたえる技法である。

暗喩は詩的な表現に最適の技法であるが、的確なイメージを結ぶ言葉を選ばず、安易に用いると誰にも理解されない言葉の羅列となって、いたずらに混乱を招くだけの結果に終わる。

水枕ガバリと寒い海がある　西東　三鬼

生き生きとした海のあった頃の大森の病院の病中吟。「ガバリ」と揺らいだ水枕の鈍い音に、荒涼とした凍りつくような海と、死の幻影さえ浮かんで凄まじいイメージを映し出した作品である。

反覆法（リフレイン）

詩歌や音楽の中で一節のある部分を反覆、繰り返す技法で、近世の俳諧から現代俳句まで多用されている。同じ言葉の繰り返しにより、意味を強め、ニュアンスを生み、リズムをなめらかにするなどのさまざまな効果を生む。

春の海終日《ひねもす》のたり〳〵哉　蕪村
やけ土のほかり〳〵や蚤さわぐ　一茶
うらがへし又うらがへし大蛾掃く　前田普羅
冬の日を愛し齢を愛しけり　富安風生
親一人子一人螢光りけり　久保田万太郎
螢とぶ闇縫ひ合はせ縫ひ合はせ　正木ゆう子
鰯雲ひろがりひろがり傷いたむ　石田波郷
寒牡丹咲きしぶり咲きしぶりけり　大野林火

右の作品群は、反復法の技法を用いて、リズムをやわらかにし、抒情を表出した秀句である。

一茶の句の「ほかり〳〵」は、火事に遭って焼け残った土蔵に住んで、ほかほかしている状態。波郷の句は、鰯雲のひろがりが、手術した傷の痛みと重なるような実感のある作。

反覆法を使用して作句する場合、不用意に言葉をくり返したり、安易に他の作品に使用されたものを模倣したりすると、軽薄な俳句になりかねない。具象性のある的確な言葉を選び、五・七・五の基本韻律と合致させると、よい作品が生まれることがある。

引喩法

故事や名言などを引用して作品に奥行をもたらす方法である。引用法ともいう。

虹《にじ》を吐《はい》てひらかんとする牡丹かな　　蕪村

死はいやぞ其きさらぎの二日灸　　正岡　子規

松過の又も光陰矢の如く　　高濱　虚子

「虹を吐いて」は「気を吐くこと虹の如し」に拠る言葉で、意気が盛んなことをたとえていう。牡丹の花が一気に開こうとする活力を表現したもの。子規の句は、新古今和歌集の歌人西行法師の、有名な和歌「願はくは花のもとにて春死なむそのきさらぎの望月のころ」のイロニイである。「きさらぎの二日灸」は陰暦二月二日にすえる灸が一年中、息災になるといわれるので、「死はいやぞ」と詠んだ。

虚子の句は、十七音のうち九音を「光陰矢の如く」という成語が占め、効果のある措辞となっている。引喩法は、模倣や類想、類型などと異なり、言葉をそのまま引いて用語とするので、他の語句や一句全体のバランスに対する配慮と、特別の創造力が要求される。

擬人法

動物や植物、無生物の自然などを、人格のあるもの、生命あるもの、と人間のように見なして「若葉がささやく」などと表現する修辞法。活喩法ともいう。人間の考えや生活をあてはめることによって、実感を伴う表現ができる。擬人法を用いるときは、対象（題材）への深い観察と分析、想像力が必要である。

古き沼立待月《たちまちづき》を上げにけり　富安　風生

海に出て木枯《こがらし》帰るところなし　山口　誓子

畦塗りてあたらしき野が息づける　加藤　楸邨

磯ちどり足をぬらして遊びけり　蕪村

もぎたての白桃全面にて息す　細見　綾子

いずれも擬人法を用いた作品である。

芭蕉の友人の言水《ごんすい》に「凩《こがらし》の果《はて》はありけり海の音」という有名な句があり「木枯の言水」といわれた。誓子の句は、その句と比較されることの多い句であるが、自然現象の擬人化という点で言水を超えている。昭和十九年十一月十九日に作られた句で、「帰るところなし」は第二次世界大戦末期の神風特攻隊のことであるともいわれている。俳句でなければいいあらわせない鋭い作となっている。

擬人法は比較的やさしい技法であるが、対象を正しくとらえて、作者の心境や願望を投影させる表現でないと、作為や技巧ばかりが目立って失敗するおそれがある。心すべきことである。

資料

文語動詞活用表・文語助動詞活用表・文語助詞一覧表
文語形容詞活用表・文語形容動詞活用表・五十音図

◆文語動詞活用表

活用の種類	行	例語	語幹	未然形	連用形	終止形	連体形	已然形	命令形	識別上の留意点
四段活用	カ行	書く	か	—か	—き	—く	—く	—け	—け	＊ア段音から「ず」（打消の助動詞）に続く。＊未然形の語尾がア段音になる。（ナ変・ラ変も同様だが、語数が少数なので記憶する。）＊所属語は多数あるが、活用の行は上記の八行。
	ガ行	急ぐ	いそ	—が	—ぎ	—ぐ	—ぐ	—げ	—げ	
	サ行	押す	お	—さ	—し	—す	—す	—せ	—せ	
	タ行	打つ	う	—た	—ち	—つ	—つ	—て	—て	
	ハ行	思ふ	おも	—は	—ひ	—ふ	—ふ	—へ	—へ	
	バ行	遊ぶ	あそ	—ば	—び	—ぶ	—ぶ	—べ	—べ	
	マ行	飲む	の	—ま	—み	—む	—む	—め	—め	
	ラ行	散る	ち	—ら	—り	—る	—る	—れ	—れ	
上二段活用	カ行	起く	お	—き	—き	—く	—くる	—くれ	—きよ	＊イ段音から「ず」（打消の助動詞）に続く。＊未然形の語尾がイ段音になる。（上一段も同様だが、語数が語られているので記憶する。）＊「老ゆ」「悔ゆ」「報ゆ」の三語はヤ行。＊所属語は多数あるが、活用の行は上記の九行。
	ガ行	過ぐ	す	—ぎ	—ぎ	—ぐ	—ぐる	—ぐれ	—ぎよ	
	タ行	落つ	お	—ち	—ち	—つ	—つる	—つれ	—ちよ	
	ダ行	閉づ	と	—ぢ	—ぢ	—づ	—づる	—づれ	—ぢよ	
	ハ行	恋ふ	こ	—ひ	—ひ	—ふ	—ふる	—ふれ	—ひよ	
	バ行	滅ぶ	ほろ	—び	—び	—ぶ	—ぶる	—ぶれ	—びよ	
	マ行	恨む	うら	—み	—み	—む	—むる	—むれ	—みよ	
	ヤ行	老ゆ	お	—い	—い	—ゆ	—ゆる	—ゆれ	—いよ	
	ラ行	古る	ふ	—り	—り	—る	—るる	—るれ	—りよ	
	ア行	得	（う）	え	え	う	うる	うれ	えよ	＊エ段音から「ず」（打消の助動詞）に続く。＊未然形の語尾がエ段音になる。（下一段・サ変も同様だが、語数が少数なので記憶する。）
	カ行	授く	さづ	—け	—け	—く	—くる	—くれ	—けよ	
	ガ行	遂ぐ	と	—げ	—げ	—ぐ	—ぐる	—ぐれ	—げよ	
	サ行	失す	う	—せ	—せ	—す	—する	—すれ	—せよ	
	ザ行	混ず	ま	—ぜ	—ぜ	—ず	—ずる	—ずれ	—ぜよ	

下二段活用	タ行	捨つ	す	—て	—て	—つ	—つる	—つれ	—てよ	*「得」「心得」はア行。（ア行に活用する動詞はこの二語しかない。）*「混ず」はザ行。（ザ行に活用する動詞はこれしかない。）*「植う」「飢う」「据う」はワ行。*「得」「寝《ぬ》」「経《ふ》」は、下二段でも語幹と語尾の区別がない。*所属語は多数あり、活用の行は清音・濁音すべての十四行。
	ダ行	出づ	い	—で	—で	—づ	—づる	—づれ	—でよ	
	ナ行	尋ぬ	たづ	—ね	—ね	—ぬ	—ぬる	—ぬれ	—ねよ	
	ハ行	憂ふ	うれ	—へ	—へ	—ふ	—ふる	—ふれ	—へよ	
	バ行	比ぶ	くら	—べ	—べ	—ぶ	—ぶる	—ぶれ	—べよ	
	マ行	眺む	なが	—め	—め	—む	—むる	—むれ	—めよ	
	ヤ行	覚ゆ	おぼ	—え	—え	—ゆ	—ゆる	—ゆれ	—えよ	
	ラ行	流る	なが	—れ	—れ	—る	—るる	—るれ	—れよ	
	ワ行	据う	す	—ゑ	—ゑ	—う	—うる	—うれ	—ゑよ	
上一段活用	カ行	着る	（き）	き	き	きる	きる	きれ	きよ	*所属語は十数語だが、基本語を「きみにいひゐ—る」と記憶する。*「射る・鋳る」はヤ行、「居る・率る」はワ行。*「顧みる」「鑑みる」「試みる」などは「見る」の複合語。
	ナ行	似る	（に）	に	に	にる	にる	にれ	によ	
	ハ行	干る	（ひ）	ひ	ひ	ひる	ひる	ひれ	ひよ	
	マ行	見る	（み）	み	み	みる	みる	みれ	みよ	
	ヤ行	射る	（い）	い	い	いる	いる	いれ	いよ	
	ワ行	居る	（ゐ）	ゐ	ゐ	ゐる	ゐる	ゐれ	ゐよ	
下一段活用	カ行	蹴る	（け）	け	け	ける	ける	けれ	けよ	*所属語は「蹴る」一語。
カ行変格活用	カ行	来《く》	（く）	こ	き	く	くる	くれ	こ（よ）	*所属語は「来」一語。複合語あり。
サ行変格活用	サ行	す	（す）	せ	し	す	する	すれ	せよ	*所属語「す」「おはす」二語。
ナ行変格活用	ナ行	死ぬ	し	—な	—に	—ぬ	—ぬる	—ぬれ	—ね	*所属語は「死ぬ」「往（去）ぬ」二語。
ラ行変格活用	ラ行	あり	あ	—ら	—り	—り	—る	—れ	—れ	*「あり」「をり」「侍り」「いますかり」。

◆文語助動詞活用表

接続	種類	基本形	未然形	連用形	終止形	連体形	已然形	命令形	活用型	接続	意味・口語訳
未然形	自発 可能 受身 尊敬	る	れ	れ	る	るる	るれ	れよ	下二段	四段・ナ変・ラ変動詞の未然形	自発〈(自然ニ)…レル・…ラレル〉 可能〈…コトガデキル・…レル・ラレル〉
		らる	られ	られ	らる	らるる	らるれ	られよ		右以外の動詞の未然形	受身〈…レル・…ラレル〉 尊敬〈…レル・…ラレル・オ…ニナル〉
	使役 尊敬	す	せ	せ	す	する	すれ	せよ		四段・ナ変・ラ変動詞の未然形	使役〈…セル・サセル〉 尊敬〈オ…ニナル・…ナサル〉
		さす	させ	させ	さす	さする	さすれ	させよ		右以外の動詞の未然形	
		しむ	しめ	しめ	しむ	しむる	しむれ	しめよ		活用語の未然形	
	打消	ず	(ず) ざら	ず ざり	ず	ぬ ざる	ね ざれ	ざれ	特殊 (ラ変)	活用語の未然形	打消〈…ナイ・…ヌ〉
	推量	む (ん)	(ま)	○	む (ん)	む (ん)	め	○	四段		推量〈…ダロウ・…ウ〉 意志〈…ウ・…ヨウ・…ト思ウ〉 適当・勧誘〈…スルガヨイ・…ノガヨイ〉 仮定・婉曲〈…トシタラ・…ヨウナ〉
		むず (んず)	○	○	むず (んず)	むずる (んずる)	むずれ (んずれ)	○	サ変		推量〈…ダロウ・…ウ〉 意志〈…ウ・…ヨウ・…ト思ウ〉
	打消推量	じ	○	○	じ	じ	(じ)	○	特殊		打消推量〈…ナイダロウ・…マイ〉 打消推量〈…マイ・…ナイツモリダ〉
	推量	まし	ましか (ませ)	○	まし	まし	ましか	○	特殊		反実仮想〈…トシタラ、…ダロウニ〉 不可実な希望〈…タラヨカッタノニ〉 ためらいの意志〈…ウカシラ〉
	願望	まほし	まほしく まほしから	まほしく まほしかり	まほし	まほしき まほしかる	まほしけれ	○	シク活用		願望〈…タイ・…テホシイ〉
連用形	過去	き	(せ)	○	き	し	しか	○	特殊	活用語の連用形(カ変・サ変動詞には未然形にもつく)	過去〈…タ〉
		けり	(けら)	○	けり	ける	けれ	○	ラ変	活用語の連用形	過去〈…タ・…タソウダ〉 詠嘆〈…タナア・…コトダヨ〉
	完了	つ	て	て	つ	つる	つれ	てよ	下二段		完了〈…テシマウ・…タ・…テシマッタ〉
		ぬ	な	に	ぬ	ぬる	ぬれ	ね	ナ変		強意〈…テシマウ・キット…・タシカニ…〉
		たり	たら	たり	たり	たる	たれ	たれ	ラ変		存続〈…テイル・…テアル〉 完了〈…タ・…テシマッタ〉

	推量	けむ（けん）	○	○	けむ（けん）	けむ（けん）	けめ	○	四段		過去推量〈…タ（ノ）ダロウ〉 過去の原因推量〈（ナゼ）…タノダロウ〉 過去の伝聞・婉曲〈…タトイウ…タヨウナ〉
	願望	たし	たく たから	たく たかり	たし	たき たかる	たけれ	○	ク活用		願望〈…タイ・…テホシイ〉
終止形（ラ変型には連体形）	推量	べし	（べく） べから	べく べかり	べし	べき べかる	べけれ	○	ク活用	活用語の終止形（ラ変型活用語には連体形）	推量〈…ダロウ・…ニチガイナイ〉 意志〈…ウ・…ヨウ・…ツモリダ〉 当然〈…ハズダ・…ナケレバナラナイ〉 適当〈…ガヨイ・…ガ適当ダ〉 命令〈…セヨ・…ナサイ〉 可能〈…コトガデキル（ダロウ）・デキヨウ〉
	打消推量	まじ	まじく まじから	まじく まじかり	まじ	まじき まじかる	まじけれ	○	シク活用		打消推量〈…ナイダロウ・…マイ〉 打消意志〈…マイ・…ナイツモリダ〉 打消当然〈…ハズガナイ・…ベキデハナイ〉 不適当・禁止〈…ナノガヨイ・…テハナラナイ〉 不可能〈…デキソウモナイ〉
	推量	らむ（らん）	○	○	らむ（らん）	らむ（らん）	らめ	○	四段		現在推量〈（今ゴロ）…テイルダロウ〉 原因推量〈（ナゼ）…ナノダロウ〉 伝聞・婉曲〈…トイウ…ヨウナ〉
		めり	○	（めり）	めり	める	めれ	○	ラ変		推定〈…ノヨウダ・…ノヨウニ見エル〉 婉曲〈…ノヨウダ〉
		らし	○	○	らし	らし （らしき）	らし	○	特殊		推定〈…ラシイ・…ニチガイナイ〉
	伝聞・推定	なり	○	（なり）	なり	なる	なれ	○	ラ変		伝聞〈…ソウダ・…トイウコトダ〉 推定〈…ヨウダ・…ラシイ〉
体言・連体形	断定	なり	なら	なり に	なり	なる	なれ	（なれ）	ナリ活用	体言、活用語の連体形	断定〈…デアル・…ダ〉 存在〈…ニアル・…ニイル〉
		たり	たら	たり と	たり	たる	たれ	（たれ）	タリ活用	体言	断定〈…デアル・…ダ〉
	比況	ごとし	ごとく	ごとく	ごとし	ごとき	○	○	ク活用	活用語の連体形（＋が）。体言（＋の）	比況・例示〈…ノヨウダ・…ノヨウナ〉
特殊	完了	り	ら	り	り	る	れ	（れ）	ラ変	サ変動詞の未然形、四段動詞の已然形（サ変・四段の命令形につくとする説もある）	存続〈…テイル・…テアル〉 完了〈…タ・…テシマッタ〉

◆文語助詞一覧表

種類	語	意味・用法	口語訳	接続
格助詞	の が	連体修飾格 主格 準体格 同格 比喩（「が」はなし）	…ノ …ガ・…ノ …ノモノ・…ノ …デ・…デアッテ …ノヨウニ	体言 連体形
	を	動作の対象 経過の場所 動作の起点	…ヲ …ヲ・…ヲ通ッテ …ヲ・…カラ	体言 連体形
	に	時間・場所・帰着点 動作の目的 原因・理由 受身・使役の対象 強意 敬意の対象	…ニ …ニ・…ノタメニ …デ・…ニヨッテ …ニ ヒタスラ…スル …ニオカレテ	体言 連体形
	へ	方向	…（ノ方）へ	体言
	と	動作の共同 引用・並立 比較の基準 比喩 強意	…ト・…トトモニ …ト …ト・…ト較べテ …ノヨウニ スベテ	体言 連体形
	より	動作の起点 経過する場所 比較の基準 手段・方法 即時	…カラ …カラ・…ヲ通ッテ …ヨリ（モ） …デ …トスグニ・…ヤイナヤ	体言 連体形
	から	起点 経過する場所 手段・方法・原因・理由	…カラ …ヲ・…ヲ通ッテ …ニヨッテ	体言 連体形
	にて	場所・時・手段・材料 原因・理由	…デ …ノデ・…ノタメニ	体言 連体形
	して	手段・方法 動作の共同 使役の対象	…デ …ト（トモニ）・…デ …ニ・…ニ命ジテ	体言 連体形

種類	語	意味・用法		口語訳	接続
接続助詞	ば	順接仮定条件		モシ…ナラバ	未然形
		順接確定条件	原因・理由	…ノデ・…カラ	已然形
			偶然条件	…ト・…タトコロ	
			恒常条件	…トイツモ・…ト必ズ	
	とも	逆接的仮定条件		タトエ…テモ・トシテモ	終止形
	ど ども	逆接確定条件 逆接恒常条件		…ガ・…ケレド …テモイツモ	已然形
	が に を	単純な接続 逆接確定条件 順接確定条件		…ガ・…ト・…トコロ …ガ・…ケレド・…ノニ …ノデ・…カラ	連体形
	て	単純な接続		…テ	連用形
	して	単純な接続		…テ	連用形
	で	打消接続		…ナイデ・…ナクテ	未然形
	つつ	反復・継続 動作の並行		…テハ・…シ続ケテ …ナガラ	連用形
	ながら	動作の並行 逆接確定条件		…ナガラ …ケレド・…ノニ	連用形 語幹
	ものの ものを ものから ものゆゑ	逆接確定条件		…ケレド・…ノニ …モノノ	連体形
副助詞	だに	最小限の限定 類推		セメテ…ダケデモ …サエ	体言 連体形 助詞
	すら	類推		…サエ	
	さへ	添加		…マデ（モ）	
	し	強意		（訳出不要）	種々の語
	しも	強意 部分否定		（訳出不要） 必ズシモ…（ナイ）	種々の語

種類	語	意味・用法	口語訳	接続
副助詞	のみ	限定 強意	…ダケ・…バカリ ダダモウ…・マッタク…	種々の語
	ばかり	程度・範囲 限定	…グライ・…ホド …ダケ・…バカリ	種々の語
	まで	範囲・限度 程度	…マデ …ホド・…クライ	
	など	例示 婉曲 引用	(タトエバ)…ナド …ナド …ナドト	種々の語
係助詞	は	取り立て・区別・強意	…ハ	種々の語
	も	類例の暗示・添加 並列・列挙 強意	…モ(マタ) …モ……モ …モ	種々の語
	ぞ	強意	(訳出不要)	種々の語
	なむ(なん)	強意	(訳出不要)	
	こそ	強意	…コソ	
	や(やは) か(かは)	疑問 反語	…カ …カ(イヤ……ナイ)	種々の語

種類	語	意味・用法	口語訳	接続
終助詞	な	禁止	…ナ	終止形
	(な)—そ	禁止	…シテクレルナ	連用形
	な	願望	…タイ	未然形
	ばや	願望	…タイ	未然形
	なむ	他への願望	…テホシイ	未然形
	もがな がな	願望	…ガアレバイイナア	種々の語
	てしが(な) にしが(な)	願望	…タイモノダ	連用形
	か・かな かも	詠嘆	…ヨ・…コトヨ・…ナア	体言 連体形
	な	詠嘆	…ヨ・…ナア	文末
	も	詠嘆	…ヨ・…コトヨ・…ナア	文末
	かし	確認	…ヨ・…ネ	文末
間投助詞	や	詠嘆・呼びかけ	…ヨ・…ナア・…コトヨ	種々の語
	よ	詠嘆・呼びかけ	…ヨ・…ナア・…ネ	
	を	詠嘆	…ヨ・…ネ	

◆文語形容詞活用表

種類	語	語幹	未然形	連用形	終止形	連体形	已然形	命令形	識別状の注意点
ク活用	なし	な	—(く) —から	—(く) —かり	—し	—き —かる	—けれ	—かれ	*「—く」から「なる」(動詞)「て」(助詞)に続く。連用形語尾「—く」
シク活用	うつくし	うつく	—(しく) —しから	—しく —しかり	—し	—しき —しかる	—しけれ	—しかれ	*「—しく」から「なる」(動詞)「て」(助詞)に続く。連用形語尾「—しく」

◆文語形容動詞活用表

種類	語	語幹	未然形	連用形	終止形	連体形	已然形	命令形	識別状の注意点
ナリ活用	あはれなり	あはれ	—なら	—なり —に	—なり	—なる	—なれ	—(なれ)	*終止形の活用語尾が「—なり」となる。連用形の「に」に注意。
タリ活用	漫々たり	まんまん	—(たら)	—たり —と	—たり	—たる	—(たれ)	—(たれ)	*終止形の活用語尾が「—たり」となる。連用形の「と」に注意。

五十音図

行＼段	あ段	い段	う段	え段	お段
あ行	あ・ア	い・イ	う・ウ	え・エ	お・オ
か行	か・カ	き・キ	く・ク	け・ケ	こ・コ
さ行	さ・サ	し・シ	す・ス	せ・セ	そ・ソ
た行	た・タ	ち・チ	つ・ツ	て・テ	と・ト
な行	な・ナ	に・ニ	ぬ・ヌ	ね・ネ	の・ノ
は行	は・ハ	ひ・ヒ	ふ・フ	へ・ヘ	ほ・ホ
ま行	ま・マ	み・ミ	む・ム	め・メ	も・モ
や行	や・ヤ	い・イ	ゆ・ユ	え・エ	よ・ヨ
ら行	ら・ラ	り・リ	る・ル	れ・レ	ろ・ロ
わ行	わ・ワ	ゐ・ヰ	う・ウ	ゑ・ヱ	を・ヲ

本書は一九八九年刊行の『俳句文法入門』（石原八束監修・飯塚書店編集部編）を大幅に改訂、再編集したものです。

監修者略歴

七田谷まりうす（なだや・まりうす）

昭和15年10月4日東京都淀橋区生まれ。

昭和36年山口青邨指導の東大ホトトギス会に入会。平成12年10月職場を定年退職。この間、昭和41年結研附属病棟（清瀬市）に入院、昭和44年外国為替業務修得のため西ドイツに滞在。

平成13年10月常磐大学国際学部教授に就任。平成20年3月同大学を定年退職。

平成23年1月脳出血等発症。日本倶楽部俳話会等の講師を退任。

俳句結社「夏草」「秋」を経て現在「天為」同人。波郷、万太郎の句業が好み。

句集に『北面』『通奏低音』『塔』（共著 第五～九集に参加）など。

著書に『俳句用語辞典 新版』（共著）など。

俳人協会名誉会員。日本文藝家協会、日本近代文学館各会員。

山西雅子（やまにし・まさこ）

昭和35年 大阪府生まれ。
平成元年 岡井省二に師事。「晨」「槐」を経て平成20年「星の木」創刊同人。
平成22年 「舞」創刊主宰。
句集に『夏越』『沙鷗』。
著書に『俳句で楽しく文語文法』『花の一句』。
俳人協会幹事、日本文藝家協会会員。

俳句文法入門〈改訂新版〉

2016年7月20日　第1刷発行
2023年5月10日　第2刷発行

監修者　七田谷まりうす
　　　　山西雅子
編　著　飯塚書店編集部
発行者　飯塚行男
発行所　株式会社飯塚書店
　　　　〒112-0002 東京都文京区小石川 5-16-4
　　　　電話 03-3815-3805 FAX03-3815-3810

印刷・製本　シナノパブリッシングプレス

ISBN978-4-7522-2078-7